U0522967

我的真文字，……。

徐冰 著

辽宁人民出版社

© 徐冰 2023

图书在版编目(CIP)数据

我的真文字 / 徐冰著. — 沈阳 : 辽宁人民出版社,
2023.6
ISBN 978-7-205-10498-6

Ⅰ. ①我… Ⅱ. ①徐… Ⅲ. ①散文集 – 中国 – 当代
Ⅳ. ①I267

中国版本图书馆CIP数据核字(2022)第143563号

出版发行：辽宁人民出版社
地址：沈阳市和平区十一纬路 25 号　邮编：110003
电话：024-23284321（邮　购）　024-23284324（发行部）
传真：024-23284191（发行部）　024-23284304（办公室）
http://www.lnpph.com.cn

印　　刷：北京九天鸿程印刷有限责任公司
幅面尺寸：130mm × 200mm
印　　张：10.25
字　　数：190千字
出版时间：2023年6月第1版
印刷时间：2023年6月第1次印刷
责任编辑：盖新亮
特约编辑：李　唐　张旖旎
封面设计：山川制本 workshop
版式设计：燕　红
责任校对：吴艳杰
书　　号：ISBN 978-7-205-10498-6

定　　价：78.00元

徐冰于北京工作室，2014

再版序

艺术进入了最不清楚的时代

这本书名为《我的真文字》，意在与我艺术作品中的那些“伪文字”区别开。我的不少艺术创作借助了“文字”，可它们与通常文字的作用正相反：给沟通制造障碍，通过不沟通达到沟通。我总说文字本身可分为两部分：作为语言工具的部分和不能用于言说的外表部分，这好比点心与点心盒的关系，功能部分是点心，是用来吃的，如同文字作为工具是被滥用的，而点心盒却更有文化内容与尊严。

这是我第一本用文字的正常功能写的书，收录了我从上世纪九十年代以来谈艺术的文字。那时不知深浅，做艺术有体会就谈呗。这些年来越做、越谈，似乎越抓不住艺术是怎么回事了。人类用各种物料塑造了艺术，但它们一旦离开人类之手，借助“人文空气”的养料，即变为有自主生命的奇葩之物（世界出现了新东西），它们性格倔强，变化无常，难被定义。艺术的这种“任性”是文明进步需要的，又是不能被其他方式取代的，所以才有艺术这件事。艺术是人主观创造的，但它又是客观的，它能到达的地方，是人类语言分析能力无力到达的，这地方不属于“思想”的范畴，在思想范畴内的都是对艺术的分析，还不是艺术本身。

这属于一本谈艺术的书，难免掉进“谈艺术”的误区，好在我对此常有警觉。几个世纪以来，艺术家从手艺人的原生地位，提升到艺术家的地位，人们开始把艺术归为“文化”，文化是至高无上的，自然要有思想的说法。理论家开始为艺术附加说法，可这并不符合艺术的原始秉性，有时说得越多，越把人们与艺术的距离推得更远。结果是观众自卑心理在增长，“我怎么就看不出这些深刻思想”。时间一长，艺术特别是当代艺术，则成了一个被“崇拜”的领域。人们相信虽然只是一堆物料，但被归为“艺术”就价值连城，因为它背后有我看不见的东西。对艺术的解说有布道的作用，弄不好就给人带入与艺术关系的怪圈中，习惯于借助文字阐释才能进入“艺术”。

加之艺术走到今天，又遇上虚拟现实技术，艺术的“光晕”部分与NFT、元宇宙不谋而合，靠众人相信的加持，艺术物料的部分也不需要了。因为信仰是由意志对“光晕”的追求引导的，是否定“物质”的，其能量是由信仰的聚集量决定的。今天，艺术进入了它是什么最不清楚的时代。

本书出版后，书中的有些文章、观点被网络大量摘编刊发，这让我不好意思，感觉这人有点想法就反复说。特别是离开了原属上下文的只言片语，变得简单又不到位。这也许是我的文字还不够简约、精要。不管怎样，这些旧文定有偏颇之处。可要做修正，也不现实，因为文字与文字之间已经是一个有机的链条，某一处的改动，就像弧线模型中某个点位的移动，周边的点位都要随之变动，甚至全篇都要重来。现在的这些文字只能作为一个人的一个阶段思想和认识水平的记录看。思想修补将是终身的事。

本书第一版收入北岛主编的“视野丛书”，面世后得到不少读者喜欢。现在有幸再版，这对我是一种鼓励。感谢编辑们对本书再版做的努力。此刻也感谢读者，你能把这本书拿在手里。

徐冰

2022 年 4 月 2 日

自序

一个艺术家的文字观

把这些旧稿整理了一遍，说实话，我边整边想，这些文字有人读吗？现在的人都这么忙，活得这么具体，这么多好玩的事情，哪还有耐心读这些文字？还是我的本行好，制造视觉产品，看一眼，有东西就有，没有就没有。

前几天与董秀玉、刘禾她们聊天，谈到读严肃书的人少了。我问刘禾在国外怎样？她说在欧美什么时候都有一部分人读严肃的东西。我说，也许是因为中国人是读图的种族，而不是线性逻辑的，不喜欢长篇大论。世界上大部分语言都属于屈折语系和黏着语系，说话一串一串的，只有汉语是单音节发音，这让中文成为一个音对位一个字的体系（其实世界上不少文字起源时是象形的，但后来都转成了拼音文字）。别小看这一点不同，这影响了我们这个民族后来的几乎所有事情。

说今天是“读图时代”，而我们已经读了几千年了，虽然已是现代汉字，读字仍有读画的成分：“大”就是张开的感觉，“小”就是收缩的感觉。读一句话：“一个人感觉寒冷，如何如何……”这故事里的“寒”字又套着一个故事：“宀中，由于冷，一个人用茻把自己包裹起来，地上是仌——寒（篆书‘寒’字）。”汉字的信息是立体的，写字著文，犹如画画，“填词”是在一张平面上摆来摆去，“日”对“月”看起来就好看，有昼夜交替的画面感。不仅要合辙押韵，看着也要整齐。不需要语法，语法是管前后逻辑的，不用！坏了意境，意思也弄窄了。文章不是给人读的，是让人“悟”的，悟不出，就别看了。前秦苏蕙的《璇玑图》，称作“图”却是“最汉字”的写作。这方图横读竖读、左读右读，可以读出二百多首诗词来，超前到连文学史都不知道把它往哪里放。

今天国人不读长篇大论，说是市场化的原因，这不一定。“市场化”我们还差着呢，可失去读这类书的兴趣却快得很。我想还有一个原因：这类书多是采用西方的论说方式。国人崇洋了一段，模仿西文写中文，“语法”了，“标点”了，时间久了，真正的中文也看不懂了，还要用西式的文法去解释。好看的东西称“多洋气”，好文当然也要洋气，要写得像翻译文。深刻，就要像数学演算，一点点推出结论，不怕厚，不怕概念多，越多越“现代”。这类书我

"啃"下来，收获就是知道了这本书"好深刻啊！"（一般艺术家不读这类书，但可喜欢理论家用这种文字谈他的作品了，作品随之也深刻起来了。）改革开放后，我们"大干快上"翻译了一大堆西文书，硬读了一阵子，摸不着头脑，没读懂！如今中国经济上去了，见得也多了，西方价值观好像也开始显出问题了，就不那么热衷于读这类书了。

当着两位专家，我真是外行人不怕说外行话。

文字与人类的关系在变化，与今天中国人的关系更怪异。特别是我们这代人，与文化有一种相当别扭的关系，进也进不去，出也出不来。本来中国传统对文字就有敬拜情结，字是神圣之物，带字的纸是不能秽用的，必须拿到文昌阁去"火化"，这种"惜字纸"的传统真怪。每个初被教化的人，必须先用几年时间牢记上千个字形，正襟危坐描红临帖，要写得工整。你想成就仕途功名，先好好拜上几年文字再说。

可在我这代开始学写字时，正值简化字运动，一批批新字的公布、旧字的废除，对新字的再更改和废除，对旧字的再恢复使用，把我们搞糊涂了。从而在我们最初的文字概念中，埋下了一种特殊的基因：颠覆——文字是可以"玩"的。

文字的力量就是刀枪，经历"文革"的人对此"心有余悸"，恨不得几代都缓不过来。"文革"留给我的主要视觉记忆，就是北大的文字海洋，在大字报中除了伟大领袖，出现谁的名字，谁差不多就死定了。

我个人与文字的特殊关系，曾在旧文中谈到过：我母亲在北大图书馆学系工作。她工作忙，经常是他们开会，就把我关在书库里。我很早就熟悉各种书的样子，但它们对我又是陌生的，因为那时我还读不懂。而到了能读的时候，又没什么书可读，只有一本“小红书”。“文革”结束后，回到城里，逮着书就读，跟着别人啃西方理论译著，弄得思想反而不清楚了，觉得丢失了什么。就像是一个饥饿的人，一下子吃得太多，反倒不舒服了。

这些，也是为什么我的艺术总是与文字纠缠不清的原因。文字是人类文化概念最基本的元素，触碰文字即触碰文化之根本，对文字的改造是对人思维最本质的那一部分的改造，历代统治者都深谙此道。建立政权，做百代圣人，先要做的事就是改造和统一文字。这种改造是触及灵魂的，真正的“文化革命”。

我懂得触碰文字的作用，我的触碰充满了敬畏，也夹杂着调侃；在戏弄的同时，又把它们供在圣坛上。它们有时给你一张熟悉的脸，你却叫不出它的名字，它们经过伪装，行文间藏着埋伏。有些很像“文字”却不能读（《天书》），有些明明不是文字却谁都能读（《地书》）。这些异样的“文字”有着共同之处：它们挑战知识等级，试图抹平地域文化差异。通常文字通过传意、表达、沟通起作用，我的“文字”却是通过不沟通、误导、混淆起作用。我总说，我的“文字”不是好用的字库，更像计算机病毒，却在人脑中起作用——在可读与不可读的转换中，在概念的倒错中，固有的思维模式和知识概念被打乱，制造着连接与表达的障碍，思维的惰性受到挑战。在寻找新的依据和通路的过程中，思想被打开更多的空间，警觉文字，找回认知原点。这是我的那些“文字”的作用。

看起来我使用的都是属于文字，却又不是文字实质的那一部分。在我看来，文字有点像一种用品，使用和消费是核，但外包装有时却更有文化内容。有人看了《天书》后，激动地说：“我感到了文字的尊严！”这人会看东西。“真文字”是被世俗滥用的。“伪文字”抽空了自身的部分，就剩“服装”了，你怎么用？文字离开了工具的部分，它的另一面就显示出来了。其实书法的了不起也在于此：它寄生于文字却超越文字，它不是读的，是看的，它把文字打扮成比文字本身还重要的东西。

上面说的是我“伪文字”的“写作”，下面再说我“真文字”的写作：

这部分写作出于几点原因：一是工具层面的。我很早就知道自己记性不好，习惯把平时的想法记下来。刚去美国时创作想法多，但没钱，有位沈太太说：“现在做不了，就先记下来。”记来记去，真记了不少。但这些东西很少回头去翻看。偶尔想起来，大约某时记过有意思的东西，回去查找，即使有幸翻到了，读来，又不是记忆里的那种感觉，一点意思也没有。这些记录纯属一堆“真实的文字”而已。

二是，很早就听过“一本书不穷”这句话，从此仰慕能写书的人。特别是后来，我拖着沉重的材料去各地做装置（简直就是“国际装修队”的工作），跑不动时，就更羡慕“坐家”了。一支好用的笔、一杯咖啡，多惬意。只使用大脑，最低的体力消耗，纯粹的“文人”。没有材料费的限制，没有展厅不合适的困扰。就看你的思维能走到哪，走不远，谁也怪不了。

三是，写作对我来说是一种码字的技术。反正就这么多字，每一个字、词是一个意境场，与另一个意境场组合，构成新的意境场。把这些方块字颠来倒去，放到最恰当的位置，直到最是自己要的那种感觉——可以调到无限好，没人管你，只取决于你对完美程度的要求。做这事有点像画画，特别能满足我“完美主义”的这部分生理嗜好，与文化无关。

再有就是，写作最让人踏实的，是“文责自负”的可靠性。物化的艺术作品，特别是今天的综合材料作品，费了劲弄起来，展过就拆掉，留下一段录像、几张照片。说这个艺术家东西好，怎么证明？其实越是好的作品，越不能看照片；差的作品，有时照片拍下来反而能看。我如果遇到有人说，“啊！我在哪儿看过你的展览”，我就特高兴，马上恨不得比亲戚还亲呢——他看过我真正的东西。这是艺术家还活着，能赶到各处去控制展览效果，将来，如果人们对你还有兴趣，恢复作品，你哪管得了。范宽如果看到自己的画黑成这个样子，还广为天下人看，一定会见人就解释：画完时不是这样。相比之下，文字多靠得住，白纸黑字到什么时候都不走样。这些字摆对了位置，就永远对着。李陀说得到位："用斧子砍都砍不掉。"就凭这，也值得好好摆。

文字的里里外外，我都有兴趣。编在这集子里的是"真文字"的部分。这些文字看下来，就像看了一遍个人"回顾展"，从中看到自己：原来我对这类东西感兴趣，这样做艺术，是这样一个人。如果作品受关注了，艺评家就会根据过去生活的蛛丝马迹，找出其艺术风格来源的证据：原来一个艺术家的风格不是预先计划的结果，它带有宿命性。属于你的风格你不想要也丢不掉，不属于你的你拼了命也得不到。在工作室里处理一个"型"，是锐一点还是钝一点，是选这块材料还是那块材料，所有这些细节的决定，都是由你这个人的性格、修为、敏锐度左右的。如果你着急成功，"型"的处理或作品的尺寸可能就会过分一点，你要是想通过艺术炫耀或掩盖一点什么，都会被作品暴露无遗。这是艺术的诚实，也是我们信赖它的依据。写作不是也如此吗？写作和艺术创作虽不同行，但同样谁都跑不掉，连想跑的一闪念，也会在作品中显露出来。

作家、艺术家像是作品与社会文化之间的传导体，导体的质量决定作品的质量。每个人把自己特殊的部分通过作品带入文化界，价值取决于你带入的东西是否是优质的、大于文化界现有思想范围的、对人有启发的，总之，能否用一种特有的艺术手段将人们带到一个新的地方。在这里“特有的艺术手段”是重要的，这是艺术家工作的核心。你要说的话在现有的词库中还没有，你就必须创造一种新的方法去说，从而扩展了旧有的艺术领域。写作一定也如此。

而作为每一个不得不接受天生性格和成长背景的人，我们有什么呢？靠什么创作呢？现在看来，对我有帮助的，是民族性格中的内省，文化基因中的智慧，以及我们关于社会主义试验的经验，学习西方的经验。这些优质与盲点的部分交织在一起，构成了我们特有的养料。这些与西方价值观不尽相同的内容，比如与自然配合的态度、和谐中庸的态度、艺术为人民的态度，这些好东西，几乎还没有机会在以往的人类文明建设中发挥作用，但显然它是人类文明走到今天需要补充的东西。然而这些东西怎么用？似乎我们又缺少使用的经验，因为在过去的一二百年里，我们只积累了学习西方的经验。我们传统中有价值的部分，必须激活才能生效。这是我的那些包括大量“怪异文字”创作的思想基础，这些认识，一定也反映在我的写作中。

有些人喜欢我的文字，我说我这是“交代材料体”，听者就笑。我说，用写交代材料的态度写作就能写好，因为写交代材料性命攸关，要字斟句酌，不能浪费每一个字的作用，无心炫耀文采，唯一的目的就是把事情原委老实交代清楚。抓住仅有的机会，用这支笔让读者相信你。

被编入此书的文字分两部分：

上辑“艺术随笔”十五篇：是对与艺术有关的事与人的看法。像是个人经历的思维小史，也带出了当时的语境，所以大体按时间顺序编排。

下辑“关于作品”十篇：有点像“创作体会”。这组稿子的起因是十多年前，我撰写了一本题为“我的艺术方法”的书稿，讲自己的作品，按创作年代一件一件讲下来。但作品总在增加，想法也在增加，无法完稿。这次翻出来，补充了内容，借此机会打住了。

这些文字都说了什么呢？可以说，它们不是从思想到思想，再回馈思想，而是从手艺到思想，再指导手艺的记录。对时弊的感知、思维的推进，有时是通过对某幢新楼的造型、材料、颜色或与周边建筑距离的判断展开的，有时是通过在工作室里反复摆弄手中的“活儿”展开的……在“艺”与“术”的调配与平衡中，延展的是思想的打磨空间。就像画素描长期作业，通过对每一个笔触的体会，把握对“度”的精准性判断。分辨什么是开放，什么是当代，什么是恒定的部分，什么是表面现象，大关系怎么摆，局部怎么深入……这里的文字是对这些内容的考虑及结果的报告。期待大家的批评指正。

徐冰

2014 年 8 月 12 日

目 录

上辑 艺术随笔

下辑　关于作品

上辑　艺术随笔

公隋

愚昧作为一种养料

谈我的七十年代，只能谈我愚昧的历史。比起“无名”[1]、《今天》和“星星”[2]这帮人，我真是觉悟得太晚了。事实上，我在心里对这些人一直怀着一种很深的敬意。因为一谈到学画的历史，我总习惯把那时期的我与这些人做比较，越发不明白，自己当时怎么就那么不开窍。北岛、克平他们在美术馆外张贴自制刊物时，我完全沉浸在美院教室里画石膏的兴奋中。现在想来，不可思议的是，我那时

1 指“无名画会”，一个独立画家小团体。主要活动于1960年代初到70年代，倡导“为艺术而艺术”。这些艺术家默默作画，很少参与公开的艺术活动。——编者注（以下脚注如无说明，皆为编者注）

2 指“星星画会”，1970年代活跃于北京的民间美术团体，其举办的两届“星星美展”引起巨大社会反响，开辟了中国当代美术之路。

只是一个行动上关注新事件的人：从北大三角地、北海公园的“星星美展”和文化宫的四月影会，到人艺小剧场，我都亲历过，但只是一个观看者。“四五”运动，别人在天安门广场抄诗、宣讲，我却在人堆里画速写，我以为这是艺术家应该做的事。比如黄镇[1]参加长征，我没觉得有什么特别，可他在长征途中画了大量写生，记录了长征的过程，我就觉得这人了不起，他活得比别人多了一种角色。我对这些事件以旁观身份的“在场”，就像我对待那时美院的讲座一样，每个都不漏掉。

记得有一次，我去“观看”《今天》在八一湖搞的诗歌朗诵会。我挤在讨论的人群中，离被围堵的“青年领袖”越来越近。由于当时不认识他们，记不清到底是谁了，好像长得有点像黄锐[2]，他看到我，目光停在我身上，戛然停止宏论。我尴尬，低头看自己，原来自己戴着中央美院的校徽。入美院不久，教务处不知从哪里找到了一堆校徽，绿底白字，景泰蓝磨制，在那时真是稀罕的宝物。我们在校内戴一戴，大部分人出校门就摘掉。我意识到那天出门时忘了摘，于是马上退出去，摘掉校徽，又去看其他人堆里在谈什么。

---

1 黄镇，老红军，长征途中画了大量写生，成为中国革命史料珍贵文献。曾任中国驻法国大使、文化部长。

2 黄锐，中国当代艺术家，与马德升、王克平等人在1979年发起了“星星美展”。

这个对视的瞬间，可以说是那时两类学画青年——有机会获得正统训练的与在野画家之间的相互默许。我既得意于自己成为美院的学生，在崇高的画室里研习欧洲经典石膏像，又羡慕那些《青春之歌》式的“青年领袖”。但我相信，他们一定也会在“革命”之余，找来石膏像画一画，也曾试着获得进入学院的机会。应该说这两条路线（觉悟和愚昧）在当时都具有积极的内容。

现在看来，我走的基本是一条愚昧路线，这与我的成长环境有关。和我从小一起长大的同学个个都如此。这是一个北大子弟的圈子，这些孩子老实本分情有可原，因为我们没有一个是家里没问题的：不是走资派，就是反动学术权威，要不就是父母家人在反右时就“自绝于人民”的，有些人上一辈是地主、资本家什么的，或者就是有海外关系的“特务”。所以，我的同学中不是缺爹的就是缺妈的，或者就是姐姐成了精神病的。（在那个年代，家里老大是姐姐的，成精神病的特多，真怪了！也许是姐姐懂事早压力大的原因。）这些同学后来出国的多，我在异国街头遇到过四个老同学：纽约三个，曼彻斯特一个。这四人中，有两个是爸爸自杀的，另两个的大姐至今还在精神病院。（谢天谢地，我家人的神经基因比较健全，挺过来了。）

我们这些家庭有问题的孩子，笼罩在天生给革命事业造成麻烦的愧疚中。家里是这样只能认了，偏偏我们的老师也属这一类。北大附中的老师，不少是反右时差点被划成右派的北大年轻教员，犯了错误，被贬到附中教书。这些老师的共性是：高智商、有学问、爱思索、认真较劲儿。聪明加上教训，使得他们潜意识中，总有要向正确路线靠拢的警觉与习惯。这一点，很容易被我们这些“可教育好的子女”吸取。结果是，老师和同学比着看谁更上进。血缘的污点谁也没办法，能做的就是比别人更努力、更有奉献精神，以证明自己是个有用的人。打死你也不敢有“红五类”或当时还没有被打倒的干部子弟的那种潇洒，我们之中没有一个玩世不恭的，这成了我们的性格。

插队

1973年邓小平复职，一小部分人恢复上高中。由于北大附中需要一个会美工的人，当时学校没有美术老师，就把我留下上了高中。邓的路线是想恢复前北大校长陆平搞的三级火箭——北大附小→北大附中→北大附中高中→北大。但没过多久，就又被取消了。高中毕业时，北大附中、清华附中还有北京第一二三中的红卫兵给团中央写信，要求与工农划等号，到最艰苦的地方去。此信发在《光明日报》上，形成了最后一个上山下乡的小高潮。我们选择了北京最穷的县、最穷的公社去插队。由于学校留我上高中，我比初中时加倍地为学校工作，担任美术课老师（当

徐冰在花盆公社，1975

时提倡学生上讲台）、出黑板报，长期熬夜，身体已经很差了——失眠、头疼、低烧，只好把战友们送走了，自己在家养病。半年后似乎没事了，办了手续，去找那些同学。我被分到收粮沟村，两男三女，算是村里的知青户。

这地方是塞北山区，很穷。那年村里没收成，就把国家给知青的安家费给分了，把猪场的房子给我们住。这房子很旧，到处都是老鼠洞，外面一刮风，土就从洞中吹起来。房子被猪圈包围着，两个大锅，烧饭和熬猪食共享。深山高寒，取暖就靠烧饭后的一点儿炭灰，取出来放在一个泥盆里。每次取水需要先费力气在水缸里破冰——至少有一寸厚。冬天出工晚，有时我出工前还临一页《曹全碑》，毛笔和纸会冻在一起。

我是4月初到的，冬天还没过，这房子冷得没法住，我和另一个男知青小任搬到孙书记家。他家只有一个大炕，所有人都睡在上面。我是客人，被安排在炕头，小任挨着我，接下去依次是老孙、老孙媳妇、大儿子、二儿子、大闺女、二闺女，炕尾是个弱智的哑巴。这地方穷，很少有外面的姑娘愿意来这里。近亲繁殖，有先天智障的人就多。这地方要我看，有点像母系社会，家庭以女性为主轴，一家需要两个男人来维持，不是为别的，就是因为穷的关系。明面上是一夫一妻制，但实际上有些家庭是：一个女人除了一个丈夫外，还有另一个男人。女人管着两个男劳力的工本，这是公开的。如果哪位好心人要给光棍介绍个对象，女主人就会在村里骂上一天："哪个没良心的，我死了还有我女儿……"好心人被骂得实在觉得冤枉，就会出来对骂一阵。如果谁家自留地丢了个瓜什么的，也会用这招把偷瓜的找出来。

村里有大奶奶、二奶奶、三奶奶、四奶奶，我好长时间不知道是怎么回事。后来在一个光棍家住了一个冬天，才知道了村里好多事。收粮沟村虽然穷，但从村名上就能看出，总比"沙梁子""秏眼梁"这些村子还强点儿。收粮沟过去有个地主，死在了土改时，土地、房子和女人都给分了，四个奶奶改嫁给四个光棍。搞不懂的是，这几个奶奶和贫下中农过得也挺好，很难想象她们曾是地主的老婆。那年头，电影队一年才出现一次，可在那禁欲的年代，这山沟里在性上倒是有些随意：一个孩子越长越像邻居家二叔了，大家心照不宣，反正都是亲戚。

我后来跟朋友提起这些事，会被追问："那你们知青呢？"我说："我们是先进知青点，正常得很。"一般人都不信。现在想想，先进知青点反倒有点不正常，几个十八九岁的人，在深山，完全像一家人过日子。中间是堂屋，左右两间用两个门帘隔开，我和小任在一边，三个女生在另一边。有时有人出门或回家探亲，常常只留下一男一女各睡一边。早起，各自从门帘里出来，共享一盆水洗脸，再商量今天吃什么。看上去完全是小夫妻，但绝无生理上的夫妻关系。

我十八九岁那阵子，最浪漫的事可借此交代一二。穷山出美女，这村里最穷的一户是高家。老高是个二流子。老高媳妇是个谦卑的女人：个子有点高，脸上皱纹比得上皱纹纸，但能看出年轻时是个美女。整天就看高家忙乎，拆墙改院门，因为他家的猪从来就没养大过，所以家穷。按当地的说法，猪死是院门开得不对。老高的大女儿二勤子是整个公社出了名的美女。我们三个女生中，有一个在县文工团拉手风琴，她每次回来都说："整个文工团也没有一个比得上二勤子的。"二勤子确实好看，要我说，这好看是因为她完全不知道自己有多好看。二勤子说话爱笑，又有点憨，从不给人不舒服的感觉，干活又特麻利，后面拖一根齐腰的辫子，这算是她的一个装饰。一年四季，这姑娘都穿同一件衣服，杏黄底带碎花。天热了，把里面棉花取出来，就成了一件夹衣，内外衣一体。天冷了，再把棉花放回去。

二勤子家正对学校小操场。有一次，天有点晚了，我斜穿小操场回住处，有人在阴影处叫我"小徐"，村里人都这么称呼。我一看，是二勤子坐在她家院门围栏上，光着上身，两个乳房有点明显。我不知所措，随口应了声"哎，二勤子"，保持合适的速度，从小操场穿了过去。第二天上工，二勤子见到我说："我昨晚上把衣服给拆洗了，天暖了。"每逢这时节，她在等衣服晾干时，因为家里也有人，她在哪儿待着都不方便。

收粮沟村写生，1974

后来知青纷纷回城了。一天二勤子来找我，说："小徐，你帮我做一件事行不？你常去公社，下次去你能不能帮我把辫子拿到供销社给卖了？我跟我爹说好了，我想把辫子剪了。"我说："剪了可惜了。"她说："我想剪了。"我说："你怎么不让你哥帮你，他有时也去公社。"她说："我不信他，我信你。"几天后，她就拿来了一条又黑又粗的辫子，打开来给我看。我第二天正好要去公社办刊物，书包里装着一条大辫子，沉甸甸的，头发原来是一种很重的东西。我忘了这条辫子卖了多少钱，总之我把钱用包辫子的纸包好，带回村交给她。这点钱对她太重要了，是她唯一的个人副业。

男知青干一天记十个工分，属壮劳力，干活儿一定要跟上队长，因为队长也记十工分。今年出工是要把明年的口粮钱挣出来。我最怕的活儿，是蹲在地里薅籠子（间谷苗），就是把多余的谷子苗剔掉，等于是让你蹲着走一天，真是铁钳火烧般的“锻炼”。农村的日子确实艰苦，但当时一点不觉得，就是奔这个来的。

我当时做得更过分，和别人比两样东西：一是看谁不抽烟，因为去之前都发誓，到农村不抽烟。最后，全公社一百多男知青中，只有我一个在插队期间一口烟都没抽过，我说过不抽就不抽，这没什么；二是看谁回家探亲间隔的时间长。我都是等着有全国美展或市美展才回京，经常只有我一个人在知青点。我有点儿满足于这种对自己的约束力。只剩下我自己时，就不怎么做饭，把粮食拿到谁家去搭个伙。猪场在村口，从自留地过往的人，给我两片生菜叶就是菜了。有一天，羊倌赶着羊群经过，照样是呼啦啦地一阵尘土飞扬，我从中竟闻到浓烈的羊膻味儿，香得很！看来是馋得够呛了。我有时会找点辣椒放在嘴里，由于刺激分泌出口水来，挺过瘾的，这张嘴也是需要刺激的。

历代乱世，那一带的村子都藏在山窝里，据说当年日本人经过都没发现，可这里有些话和日语是一样的。后来我学过一阵子日语，日语管车叫“guluma”，收粮沟人也叫“guluma”（轱辘马），这类字还不少。我估摸是唐代的用法，传到日本，汉语后来变化了，而山里人不知道。这里的大姓是“郄”（qiè），字典里标音为 xì，注为古姓。

这里偏僻，古风遗存。我第一次看到“黄金万两”“招财进宝”写成一个字的形式，不是在民俗著作中，而是在书记家的柜子上，当时被震惊的程度，可不是从书本上能得到的。遇上红白喜事，老乡们的另一面——“观念”的部分，就会表现出来。办丧事，他们会用纸扎糊出各种各样的东西，完全是民间版的“第二人生”[1]。老人翻出一些纸样，按照上面的怪字，描在白布上，做成幡。后来他们知道我会书法，又有墨汁，就让我来做。后来研究文字才知道，这叫“鬼画符”，是一种能与阴间沟通的文字。我在村里的重要性主要显示在：每当有人结婚，总是请我去布置洞房，不是因为我那时就会做装置，而是因为我家有父母、哥姐、弟妹，一个不多一个不少，按传统说法叫“全人”。这种人给新郎新娘铺的被子，将来生孩子多，男女双全。我在收粮沟接触到的这些被归为“民俗学”的东西，有一股鬼气，附着在我身上，影响着日后的创作。

下面再说点和艺术有关的事。可以说，我最早的一次有效的艺术“理论”的学习和艺术理想的建立，是在收粮

1 “第二人生”是一个 2003 年推出的网络虚拟世界，用户可以在这个平台上以虚拟化身打造自己想要的虚拟生活。

沟对面的山坡上完成的。山上有一片杏树，是村里的一点副业。看杏林容易得罪人，队里就把我派去。那年夏天这山坡成了我的天堂。首先，每天连一个杏都不吃——获得自我克制的满足。再者是专心享受大自然的变化。我每天带着画箱和书上山，可还没几天，就没什么书好带了，有一天，只好拿了本《毛选》。毛主席的精彩篇章过去背过，已熟到完全感觉不到内容的程度。

可那天在杏树下，读《毛选》的感动和收获，至今记忆犹新。一段精彩的有关文艺的论述，是从一篇与艺术无关的文章中读到的：

> 百花齐放、百家争鸣的方针，是促进艺术发展和科学进步的方针，是促进我国的社会主义文化繁荣的方针。艺术上不同的形式和风格可以自由发展，科学上不同的学派可以自由争论。利用行政力量，强制推行一种风格，一种学派，禁止另一种风格，另一种学派，我们认为会有害于艺术和科学的发展。艺术和科学中的是非问题，应当通过艺术界科学界的自由讨论去解决，通过艺术和科学的实践去解决，而不应当采取简单的方法去解决。

今天重读，真不明白那天对这段话怎么那么有感觉，也许是由于这段话与当时文艺环境之间的反差。我的激动中混杂着觉悟与愤慨：毛主席把这种关系说得这么清楚，现在的美术工作者怎么搞的嘛！坐在杏树下，我看几句，想一会儿，环视群山，第一次感觉到艺术事业的胸襟，以及其中崇高、明亮的道理。那天的收获，被埋藏在一个业余画家的心里，并占据了一块很重要的位置。

北大在郊区，身边的人与美术圈没什么关系，我很晚才通过母亲办公室同事的介绍，认识了油画家李宗津先生，这是我上美院之前求教过的唯一的专业画家。李先生住北大燕东园厚墙深窗的老楼，他拿出过去的小幅油画写生给我看，那是我第一次感受到真正的油画魅力。李先生觉得我能看进去，又拿出两张大些的画，有一张《北海风情》是我在出版物上看到过的。在他那里的时间，像是一个没有“文革”这回事的、单独的时空段，它与外面热闹的美术创作无关，是秘密的，只在那种古老教堂的地下室里，只在牧师与小修士之间才有。

在农村，晚饭后，我常去老乡家画头像。画好了，把原作拍张照片送给他们。那批头像有点王式廓的风格，我手边有一本《王式廓素描选》，他善画农民肖像。由于摹本与所画对象极为吻合，我的这批画画得不错，只是由于灯光昏暗（一盏灯挂在两屋之间），大部分画面都比较黑。

每次回京，我都带着画去看李先生。有一次，他家小屋里挂着一张巨幅油画，顶天立地。原来这是他的代表作《强夺泸定桥》，从历史博物馆取回来修改。他鼓励我多画

收粮沟农民肖像写生，1977

人物画。可那次回村后，上年纪的人都不让我画了。后来才知道，我回京这段时间，四爷死了，走之前刚画过他，说是被“画”走了。反正全村人差不多都画遍了，我后来就画了一批风景。

去李先生那里加起来不过三次，最后一次去，怎么敲门也没人应。后来问人才知道，李先生前几天自杀了。原来，他一直戴着右派帽子。过去在中央美院，反右后被贬到电影学院舞美系。“文革”期间不让这类人画画，最近松动些，可以画画了，却又得了癌症。他受不了这种命运的捉弄，把那张代表作修改了一遍就自杀了。那时受苏联的影响，流行画色彩小风景。每次画我都会想到李先生的那几幅小油画：那些逆光的、湿漉漉的石阶，我怎么也画不出那种感觉。

当时有个说法："知识青年需要农村，农村需要知识青年。"如何发挥知识的作用，是需要动用智慧的。知青中，有的早起去各家收粪便，做沼气实验；有的翻书，研制科学饲料。这很像报纸上先进知青的事迹，难怪，后来我们也成了先进知青。

我能干的就是出黑板报。村里上工集合处，有一块泥抹的小黑板，黑色褪得差不多没了，我原先以为是山墙上补的一块墙皮呢。有一天我心血来潮，用墨刷了一遍，随便找了篇东西抄上去，重点是显示我的美工才能。完成后，煞是光彩夺目（当时还没抢眼球的说法），从老远的山上，就能看见这鲜亮的黑方块，周边更显贫瘠苍凉。后来，收粮沟一个知青出的黑板报，被人们"传颂"了好一阵子。有一次我买粮回来，就听说："北京有人来看咱村的黑板报了，说知青文艺宣传搞得好。"后来我跟公社的人打听，才知道来者是刘春华，他画了《毛主席去安源》，是当时的北京市文化局局长或副局长。

后来，黑板报发展成了一本叫《烂漫山花》的油印刊物。这本刊物是我们发动当地农民和知青搞文艺创作的结晶。我的角色还是美工，兼刻蜡纸，文字内容没我的事，

题头尾花剪报本，1972—1973

《烂漫山花》对页，1975

同学中笔杆子多得很。我的全部兴趣就在于“字体”——《人民日报》《文汇报》这类大报的字体动向，社论与文艺版字体、字号的区别……我当时就有个野心，有朝一日，编一本《中国美术字汇编》。实际上，中国的字体使用，是有很强的政治含义的，“文革”期间更是如此。可我当时并没有这种认识，完全是做形式分类——宋体、老宋、仿宋、黑宋、扁宋、斜宋的收笔处是否挑起，还有挑起的角度、笔画疏密的安排、横竖粗细的比例。我当时的目标是用蜡纸刻印技术，达到《解放军文艺》的水平。在一个小山沟里，几个年轻人，一手伸进裤裆捏虱子，一手刻蜡纸，抄写那些高度形式主义的豪迈篇章。《烂漫山花》前后出过八期。创刊号一出来，就被送到“全国批林批孔可喜成果展览”中去了。现在，这本刊物被视为我早期的作品，在西方美术馆中展出。不是因为“批林批孔”的成果，而是作为蜡纸刻印技术的精美制作。

一个人一生中，只能有一段真正全神贯注的时期。我的这一时期被提前用掉了，用在这不问内容只管倾心制作的油印刊物上了。

后来我做了不少与文字有关的作品，有些人惊讶：“徐冰的书法功底这么好！”其实不然，只不过我对汉字的间架结构有很多经验，那是“文革”练出来的。

美院

说实话，当时我非要去插队，除了觉得投身到广阔天地挺浪漫的，还有个私念，就是作为知青，将来上美院的可能性比留在城里街道工厂更大。上中央美院是我从小的梦想。

由于《烂漫山花》，县文化馆知道有个知青画得不错，就把我调去搞工农兵美术创作，这是我第一次和当时流行的创作群体沾上边。我创作了一幅北京几个红卫兵去西藏的木刻画，后来发在《北京日报》上，这是我第一次发表作品。

正是由于这幅画，上美院的一波三折开始了。为准备当年的全国美展，这幅画成了需要提高的重点。那时提倡专业与业余创作相结合，我被调到中国美术馆与专业作者一起改画。有一天在去厕所的路上，听人说到“美院招生”四个字，我一下子胆子变得大起来，走上前对那人说：“我能上美院吗？我是先进知青，我在这里改画。……”意思是我已经画得不错了。后来才知道，此人是美院的吴小昌老师。他和我聊了几句，说：“徐冰，你还年轻，先好好在农村劳动。”我很失望，转念一想，他怎么知道我叫徐冰，一定是美展办公室已经介绍了我的情况。当时几所重点艺术院校都属“中央五七艺术大学”，江青是校长。招生是学校先做各方调查，看哪儿有表现好又画得好的年轻人，再把名额分下去。从厕所回来的路上我就有预感：美院肯定会把一个名额分到延庆县来招我。

那年的招生开始了，北大、清华、医学院、外院的老师都到延庆县来招生，找我谈过话。母亲打来电话叮嘱我，不管什么学校都要上，我却没听，一心等着美院来招我。我知道，如果学别的专业，这辈子当画家的理想就彻底破灭了。招生结束，别人都有了着落，而美院的人迟迟未到。我不知道该怎么办。有一天，在路边草棚里避雨，听见几个北京人在说招生的事，我心里一阵激动，美院终于来了！细问才知道是电影学院招摄影专业的。看来美院是没戏了，学摄影多少沾点边。我那时随时带着画夹子，我把画给他们看，他们当场就定了，我的材料被送到县招办。正准备去电影学院，美院的人终于来了，双方磋商，还是把我让给了美院。后来北影孟老师对我说："你已经画得很好了，电影学院不需要画得这么好。"最后同队的小任顶了这个空缺，他后来成了国家领导人专职摄影师，很多国家领导人的重要活动，都由他掌机拍摄。

好事多磨。由于山洪，邮路断了，等我收到美院考试通知书，考试日期已过了好几天。收到通知书时我正在地里干活，连住处都没回，放下锄头就往北京的方向走。走到出了山，搭上工宣队的车，到了美院已是第二天上午。我身穿红色跨栏背心，手握草帽，一副典型的知青形象。主管招生的军代表说："还以为你们公社真的把你留下当中学美术老师了。考试都结束了，怎么办？你自己考吧。"他让我先写篇文章，我又累又急，哪儿还写得了文章？我说：

“我先考创作吧，晚上回家我把文章写出来，明天带来。”他同意了。我自己关在一间教室里“考试”，旁边教室老师们关于录取谁的讨论，都能听见。当时《毛选》五卷刚出版，我画了一个坐在炕头读《毛选》的知青，边上有盏小油灯，题目叫《心里明》之类的。晚上回到家实在太累了，我给笔杆子同学小陈打了电话，请他帮我写篇文章，明天早晨就要。老同学够意思，第二天一早，一篇整齐的稿子交到我手里。那天又在户外画了张色彩写生，考试就算结束了。和军代表告别时，我请求看一下其他考生的画。他把我带到一间教室，每位考生一块墙面，一看我心里就踏实了。我画的那些王式廓风格的农民头像，外加几本《烂漫山花》，分量摆在那儿，我相信美院老师是懂行的。

我又回到收粮沟——这个古朴的、有泥土味的、浸透民间智慧与诙谐的地方，这个适合我生理节奏的生活之地。最后再“享受”一下辛苦，因为我知道我要走了，我开始珍惜在村里的每一天。一天天过去了，半年过去了，仍未收到录取通知书。在此期间，中国发生了很多大事。“文革”彻底结束了，高考恢复了。我私自去美院查看是怎么回事。校园有不少大字报，其中有一张是在校工农兵学员写的，是拒收我们这批新学员而重新招生的呼吁。我心里又凉了。

没过几天，录取通知书却来了，我终于成了中央美院的学生，我将成为一名专业画家。我迅速地收拾好东西，扛着一大堆行李，力大无比。村里一大帮人送我到公路上。

徐冰上美院期间回到收粮沟，1977

走前五爷专门找到我，说了好几遍：“小徐，你在咱村里是秀才，到那大地方，就有高人了，山外有山啊。”这太像俗套文学或电视剧的语言了，但我听得眼泪都快出来了，心想，我真的可以走了，收粮沟人已经把我当村里人了。

美院师生经过激烈争论，还是把我们这批人当作七七级新生接收了。我的大学同学与中学同学截然不同，个个“根正苗红”，我像是成功混入革命队伍的人。这些同学朴实平淡，人都不错，我们和谐向上。

当时是入学后才分专业。我填写志愿书，坚决要求学

美院期间写生本，河北邯郸，1980

油画，不学版画和国画。理由是：国画不国际，版画大众不喜欢。其实院里早就定了，我被分到版画系。事实上，中国版画在艺术领域里是很强的。那时几位老先生还在世，李桦[1]先生教我们木刻技法，上课时他常坐在我对面，我刻一刀他点一下头，这种感觉现在想起来也是一种幸福。好像有种气场，把两代人的节奏给接上了。

中国社会正万物复苏，而我把自己关在画室里。在徐悲鸿学生的亲自指导下画欧洲石膏像，我已相当满足了。我比别人用功得多，对着石膏像一坐就是几个小时，新陈代谢似乎全停止了。别人都说我刻苦，但我觉得坐在画室比起蹲在地里薅篦子，根本不存在辛苦这回事。

美院一年级第二学期，最后一段素描课是长期作业，画《大卫》。美院恢复画西方石膏像和人体模特，是新时期艺术教育标志性的事件。画《大卫》对每个学生来说也是“标志性”的。两周的课结束了，接着是放寒假。我那个假期没回家，请过去学画的朋友过来一起画，也算是分享美院画室和往日情谊。

我寒假继续画同一张作业，是出于一个“学术”的考虑：我们讲写实，但在美院画了一阵子后，我发现很少有人真正达到了写“实”。即使是长期作业，结果呈现的不是

---

1 李桦，中国现代版画家，是响应鲁迅号召的新兴木刻运动的先驱者之一。曾任中央美术学院版画系主任，中国版画家协会主席。

美院期间素描作业《大卫》，1978

被描绘的那个对象，而是这张纸本身。目标完成的只是一张能够体现最帅的排线法和“分块面”技术的画面，早就忘了这张画的目的。我决定，把这张《大卫》无休止地画下去，看到底能深入到什么程度，是否能真的抓住对象，而不只是笔触。一个寒假下来，我看到了一个从纸上凸显出来的真实的《大卫》石膏像，额前那组著名的头发触手可及。深入再深入，引申出新的“技术”问题——石膏结构所造成的光的黑、灰、白与这些老石膏像表面脏的颜色之间关系的处理。（这些石膏像自徐悲鸿从法国带回来，被各院校多次地翻制，看上去已经不是石膏了，表面的质感比真人还要丰富和微妙。）我在铅笔和纸仅有的关系之间，解决每一步遇到的问题，一毫米一毫米往前推进。

快开学了，靳尚谊先生[1]来察看教室，看到我在画这张《大卫》，看了好长时间，一句话都没说就走了，弄得我有点紧张。不久，美院传出这样的说法：“靳先生说，徐冰这张《大卫》像是美院建院以来画得最好的。”这是三十年前的事了，后来中国写实技术提高得很快，《大卫》像有画得更好的。

这张作业解决的问题，顶得上我过去画的几百张素描。素描训练不是让你学会把一个东西画得像，而是通过这种训练，让你从一个粗糙的人变为一个精致的人，一个训练

1　靳尚谊，中国当代油画家，被誉为中国油画新古典主义学派创始人。曾任中央美术学院院长。

有素、懂得工作方法的人，懂得在整体与局部的关系中明察秋毫的人。素描——一根铅笔、一张纸，只是一种便捷的方式，而绝不是获得上述能力的唯一的手段。齐白石可以把一棵白菜、两只辣椒画得那么有意思，这和他几十年的木工活是分不开的，这是他的“素描”训练。

我后来与世界各地不少美术馆合作，他们都把我视为一个挑剔的完美主义者。我的眼睛很毒，一眼就可以看出施工与设计之间一厘米的误差，出现这种情况是一定要重来的，这和画素描在分寸间的计较是一样的。

画《大卫》像的事情之后，学校开始考虑：应该让徐冰转到油画系去，他造型的深入能力不画油画浪费了。可当教务处长向我暗示时，我竟然没听懂其用意。我说：“在版画系这个班，大家一起画画挺好，就这样吧。”既然我的专业思想已经稳定，他也就不再提起了。现在看来，没转成专业是我的命，否则我也许是杨飞云[1]第二。

老美院在王府井，我不喜欢那儿的喧闹，去百货大楼转一圈，我就头痛。当时除了“素描问题”的寄托外，情感依然留在收粮沟。不知道怎么回事，特别想那地方，每当想到村边那条土路、那个磨盘、那些草垛，心都会跳。这种对收粮沟的依恋，完全应该用在某个女孩子身上。我

1 杨飞云，中国当代油画家，“新古典”代表人物，现为中国艺术研究院中国油画院院长，博士生导师。

确实很晚才有第一个女朋友，有一次老师在讲评创作时说：“徐冰对农村的感情就是一种爱情，很好。”

我那时最有感觉的艺术家，是法国的米勒和中国的古元[1]：都和农民有关。看他们的画，就像对某种土特产上了瘾一样。古元木刻中的农民简直就是收粮沟的老乡，透着骨子里的中国人的感觉。许多先生的农民都画得好，但比起古元，他们的农民有点像在话剧中的。我那时就对艺术中“不可企及”的部分抱有认命的态度。有 种东西是谁都没有办法的，就像郭兰英的嗓音中，有那么一种山西大姐的醋味，怎么能学呢。而她成为一代大师，只是因为比别人多了这么一点点。

这种对农村的“痴情”，也反映在我那时的木刻画中。从第一次“木刻技法”课后，我刻了有一百多张掌心大小的木刻（《碎玉集》），我试图把所见过的中外木刻刀法都试一遍。没想到这些小品练习，成了我最早对艺术圈有影响的东西。这些小画平易真挚，现在有时回去翻看，会被自己当时那种单纯感动（世事让人变得不单纯了，就搞现代艺术呗）。当时大家喜欢这些小画，也许是因为经过“文革”，太需要找回一点真实的情感。这些小画与“伤痕美术”不同，它们不控诉，而是珍惜过去了的生活中留下的、

1　古元，中国著名版画家、水彩画家，延安木刻的代表艺术家。曾任中央美术学院院长。

那些平淡美好的东西。这些小画给艺术圈的第一印象如此之深，致使后来不少人大惑不解：他怎么会搞出《天书》来？一个本来很有希望的年轻人，误入歧途，可惜了。

古元追随毛泽东《在延安文艺座谈会上的讲话》的文艺思想，我效仿古元，而“星星”的王克平已经在研究法国荒诞派的手法了，差哪儿去了！克平出手就相当高，把美院的人给震傻了。美院请他们几位来座谈。那时，他们是异数的，而我们是复数的，和大多数是一样的。我和“我们”确实是相当愚昧的，但愚昧的经验值得注意，这是当时所有人的共同经验。多数人的经验更具有普遍性和阐释性，是必须面对的，否则我们就什么都没有了。

我们每个人都成为时代经验的一个分子，这篇文字讲的，就是这其中一个分子的故事。发生过的都发生了，我们跑得远远的或回头调侃一番，都于事无补，今天要做的事情是，在批判与反思中，在剩下的东西中，看看有多少是有用的。这有用的部分裹着一层让人反感甚至憎恶的东西，但必须穿过这层“憎恶”，找到一点有价值的内容。这就像对待看上去庸俗的美国文化，身负崇高艺术理想的人，必须忍受这种恶俗，穿透它，才能摸到这个文化中有价值的部分。除个别先知先觉者外，我们这代人思维的来源与方法的核心，是那个年代的。从环境中，从父母和周围的人在这个环境中接人待物的分寸中，我们获得了变异又不失精髓的、传统智慧的方法，并成为我们的世界观和性格的一部分。这东

《碎玉集》草图，1982

《碎玉集》，1979—1985

西深藏且顽固，以至于后来的任何理论都要让它三分。二十世纪八十年代，大量西方理论的涌入、讨论、理解、吸收，对我来说，又只是一轮形式上的“在场”。思维中已被占领的部分，很难再被别的什么东西挤走。在纽约有人问我：“你来自这么保守的国家，怎么搞这么前卫的东西？”（大部分时间他们弄不懂你思维的来路。）我开玩笑说：“你们是博伊斯[1]教出来的，我们是毛泽东教出来的。”

在写这篇文字时，我正在肯尼亚实施我的《木林森》计划。这个计划，是一个将钱从富裕地区自动流到肯尼亚、为种树之用的自循环系统的试验。它的可能性根据在于：一、利用当今的网络拍卖、购物、转账、空中教学等系统的免费功能，达到最低成本消耗；二、所有与此项目运转有关的部分都获得利益；三、地区之间的经济落差（两美元在纽约只是一张地铁票，而在肯尼亚可种出十棵树）。这个项目最能说明我今天在做什么，以及它们与我成长背景的关系。我的创作越来越不像标准的艺术，但我要求我的工作是有创造性的，想法是准确、结实的，对人的思维是有启发的，再加上一条：对社会是有益的。我知道，在我的创作中，社会主义背景艺术家的基因，无法掩饰地总要

1　约瑟夫·博伊斯（Joseph Beuys），德国艺术家，以装置艺术和行为艺术为其主要创作形式，他的“社会雕塑”等概念对国际当代艺术界具有广泛影响。

暴露出来。随着年龄增大，更没有精力再去掩饰属于你的真实的部分。是你的，假使你不喜欢，也没有办法，这是你不得不走的方向。

我坐在非常殖民风格的花园旅馆里，但我的眼光却和其他旅游者不同，因为我与比肯尼亚人还穷的人群一起生活过、担心过。这使我对内罗毕街头像垃圾场般的日用品市场，马赛人中世纪般的牧羊生活景象，不那么好奇，从而，使我可以越过这些绝好的艺术和绘画效果图景的诱惑，抓到与人群生存更有关系的部分。

从这个逻辑讲，可以说《木林森》计划的理论和技术准备，从二十世纪七十年代就开始了。

我说：艺术是宿命的，就是诚实的，所以它是有价值的。

2008年7月，于肯尼亚内罗毕

复数与印痕之路

这些旧作现在看来真的是很“土”的。不管是观念上，还是技法上，都比不上今天许多刻木刻的学生。但好在它们是老老实实的，反映了一个人，在一个时段内做的事情。近些年，国际上一些艺术机构开始对我过去的版画发生兴趣。我想，他们是希望从过去的痕迹中，找到后来作品的来源和脉络，这些旧作可以作为对我后来作品的脚注。

我学版画几乎是命中注定：“属于你本应走的路，想逃是逃不掉的。”现在看来，对待任何事情，顺应并和谐相处，差不多是最佳选择。与“自然”韵律合拍，就容易把事情做好。“不较劲”是我们祖先的经验，里面的道理可深了。

我本不想学版画，可事实上，我从一开始就受到最纯正的“社会主义版画”的熏陶。从小，父亲对我的管教严厉得像一块木刻版，少有褒奖之处。唯一让他满意的，就是我爱画画，有可能圆他想当画家的梦（他解放前是上海美专的学生，由于参与上海地下党的工作，险些被捕而肄业）。为此，他能为我做的就是：学校一清理办公室，他就从各类回收的报刊上收集美术作品之页，带回来，由我剪贴成册。另外，在他自己的藏书中，最成规模的就是《红旗》杂志从创刊号起的全套合订本。这是我当时最爱翻的书，因为每期的封二、封三或封底都刊有一至二幅美术作品，大多是版画，或黑白或套色。因为版画简洁的效果，最与铅字匹配，并适于那时的印刷条件。中国共产党的这种习惯，从延安时期就开始了。解放区版画家的木刻原版，刻完直接就装到机器上，作为报刊插图印出来。中国新兴版画早年的功用性，使它一开始就准确地找到了自己的定位。艺术与社会变革之间合适的关系，导致了一种新的、有效的艺术样式的出现。这一点我在《懂得古元》一文中有所阐述。这种“中国流派”中的优秀作品，被编辑精选出来与人民见面，经我剪贴成的“画册”，自然也就成了“社会主义时期版画作品精选集”。加上“文革”期间，获得赵宝煦先生[1]送的木刻工具、法国油墨和《新中国版画集》等旧画册，那时没太多东西可看，我就是翻看这几本东西成长的。

1 赵宝煦，政治学家，北京大学教授，当代中国政治学主要奠基人之一。

中国新兴木刻的风格，对我的影响不言而喻。这风格就是：一板一眼的；带有中国装饰风的；有制作感和完整性的；与报头尾花有着某种联系的；与现实生活紧密相关的宣传图解性的。这些独特趣味和图式效果的有效性，被“文革”木刻宣传画所利用，并被进一步证实。我自己又通过“文革”后期为学校、公社搞宣传、出墙报的实践，反复体会并在审美经验中遗留下来。所以，上美院版画系后，我可以自如掌握这套美学传统，是因为我有这套方法的“童子功”。

上述之外，我与版画的缘分也有个人性格方面的因素。比如说，版画由于印刷带来的完整感，正好满足我这类人习性求“完美”的癖好，这癖好不知道是与版画品味的巧合，还是学了版画后被培养出来的。

有时，艺术的成熟度取决于作品的“完整性”。而版画特别是木刻这种形式，总能给作品补充一种天然的完整感。我在《对复数性绘画的新探索与再认识》一文中曾谈道：“任何绘画艺术均以痕迹的形式留于画面。但版画的痕迹与用笔直接接触画面的一般性绘画痕迹有所不同。一般性绘画以运动中的笔触形诸画面，可谓流动的痕迹，它带有不确定性，随机性的丰富、生动的美。这构成直接性绘画特有的审美价值。版画画面则是范围明确、被规定的印痕。它有两个极端的痕迹效果：A. 由中间媒材转印于画面的墨色，能达到极度的平、薄、均匀、透明，因此产生一种整齐、干净、清晰的美；B. 由印刷压力产生强烈的凹凸感，使媒材的物理起伏显现于画面。其实在、明确、深刻，有一种可触摸的美感。规定性印痕之美，是被固定了的流动情感痕迹的再现。”明确肯定的“形”，是木刻家在黑与白之间的判断与决定。它要求这门艺术必须与自然物象拉开距离，有点像传统戏剧的“程式”与生活之间，既高度提炼又并行的关系。艺术形式与自然生活截然不同，但在各自系统里又高度完整。版画，一旦印出来，就成为最终结果，自带其完整性。这是其一。其二，我对版画的兴趣，是以对字体的兴趣作为联结的。“创作版画”是西洋画种，是西方知识分子的艺术，是西方的文人画。其起源和生长是与宗教、史诗、铅字、插图这些与书有关的事情弄在一起发展出来的，类似于中国文人画与诗文、书法同生的关系。铅字与版画印在讲究的纸材上，真是人间绝配。这“配”出现的美，让多少人一旦沾上书，就再也离不开。而我从小受母亲工作单位各类书籍史、印刷史、字体研究等书籍的影响引发的兴趣，日后在版画、印刷领域找到了出口。

其三，做版画是需要劳动和耐心的。这劳动大部分是技工式的，看起来与“艺术”无关，而对我这种有手工嗜好的人而言，是能从中获得满足的。把一块新鲜的木板打磨至平整得不能再平整；把油墨调匀，滚到精心刻制的木板上；手和耳朵警觉着油墨的厚度（油墨量是否合适，不是靠量，也不是靠看，是靠手感和耳朵听出来的）。每一道工序按规定的程序走完，等待着最后掀开画面时的惊喜。写到这儿，我想起一件事。1991 年在美国南达科他州弗米利恩（Vermillion）小镇学习版画、造纸和手制书时，工作室请来一位访问艺术家，作为学生的我们为她打下手。我用调墨刀在墨台上刚比划了两下，这位艺术家惊讶地叫起来，吓了我一跳："冰！你是不是调过很多油墨！"可能是我调墨的架势把她给震住了。我那时英语张不了嘴，很少说话。我心说：我调过的油墨、做过的版画，比你不知道多多少呢。

我喜欢版画还有重要的一点，就是版画的"间接性"——表达需要通过许多次中间过程才被看到——作者是藏起来的。这最适合我的性格。就像我和动物一起完成的那些表演性的作品，冲到前台去，对于我是比登天还难的事，只能请生灵做"替身"，我躲在背后。这种"不直接"和"有余地"适合我。

上面谈了我与版画的缘分。下面再谈版画作为一条隐性线索，与我后来那些被称为"当代艺术"的作品之间的关系。对艺术敏感的人，很容易看到这种联系。

我最早对艺术界有影响的作品是那些掌心尺寸的木刻小品，有一百多幅，统称《碎玉集》。之后，再次有影响的作品就是《天书》了。《天书》出来后，人们都去关注它，没人再注意木刻小品之后、《天书》之前这段时间的创作。所以，不少人找不到我早期木刻与《天书》的联系。

二十世纪八十年代中期，我开始对过去的创作产生疑问，这是从看了中国美术馆举办的“北朝鲜美术展”开始的。这展览上的大部分画面，是朝鲜的工农兵围着金日成笑。这个展览给了我一个机会，让自己的眼睛暂时变得好了点，看到了比我们的艺术更有问题的艺术，像看镜子，看到了我们这类艺术致命的部分。我决心从这种艺术中出来，做新的艺术，但新的艺术是什么样的又不清楚。当时读杂书多、想得多，但这画该怎么画？实在是不知道。坐在画案前，心里念念不忘创作“好”作品，但提起笔只能是胡涂乱抹一阵。当时国内对现代艺术的了解很有限，对国际当代视觉文化的信息极为饥渴，文化的“胃”之吸收及消化功能极强。只要嗅到一点新鲜养料，我会先吃下去再说，日后反复咀嚼、慢慢消化，一点都不浪费。有一天，我在《世界美术》上看到一幅安迪·沃霍尔重复形式的、丝网画的黑白印刷品，只有豆腐块儿大小。那时，我便开始对“复数性”概念发生了兴趣，一琢磨就琢磨了好几年，后来索性成了我硕士的研究题目。

我把版画“复数”这一特性，引申到“当代与古代分野核心特征”的高度。在一篇论文中我举了一些例子，大意是：古代是以“个人性”为特征的，人们根据个体的身高订制“这一把”椅子。当代是“去个性”的，不管你个子高矮都用标准化的椅子。当代标准化生活使“复数”以鲜明的特征强迫性渗入人的生活及意识中。这是二十多年前的想法，今天回看，确实，当代是朝“复数现象”日趋强化的方向发展的——重复的个人电脑界面比起电视屏幕，更广泛地出现在世界的任何角落；数字复制让“原作”的概念在消失；生物复制技术也在二十世纪末出现了。这些，只是二十年间的改变，却给传统法律、道德、价值观、商业秩序提出了难题，左右着人类的生活。比起二十年前那篇论文中列举的“标准尺寸的椅子”这类工业化的“复数现象”，今天的现象更具“复数性质”。真不知道人类在下一个二十年，又会是怎样的“复数性生活”。

版画在艺术中是最早具有这一意识的画种，这使它天生携带“当代”基因。时代的前沿部分，如传媒、广告、标识、网络的核心能量都源于“将一块刻版不断翻印”这一概念。我那时谈版画艺术常说的一句话是：“《人民日报》有多大力量，版画就可以有多大力量。”这在逻辑上是说得通的。就像智叟面对愚公“子子孙孙是没有穷尽的”这一回答无言以对一样，今天我们说到“复数的力量”，而将来，人类一定会面对“生物复制”的可怕。上述，是我认识当代趋向的渠道；这不是读书人的渠道，而是在工作室动手的过程中悟到的。这有点像南宗禅的修行方式：从手头做的事、从与自然材料的接触中，了解世界是怎么回事。

版画家在对材料翻来覆去的处理中，了解了材料作为艺术语汇的性能，这与当代艺术的手法有种便捷的衔接关系。这是版画从业者的得天独厚之处。这也是为什么学版

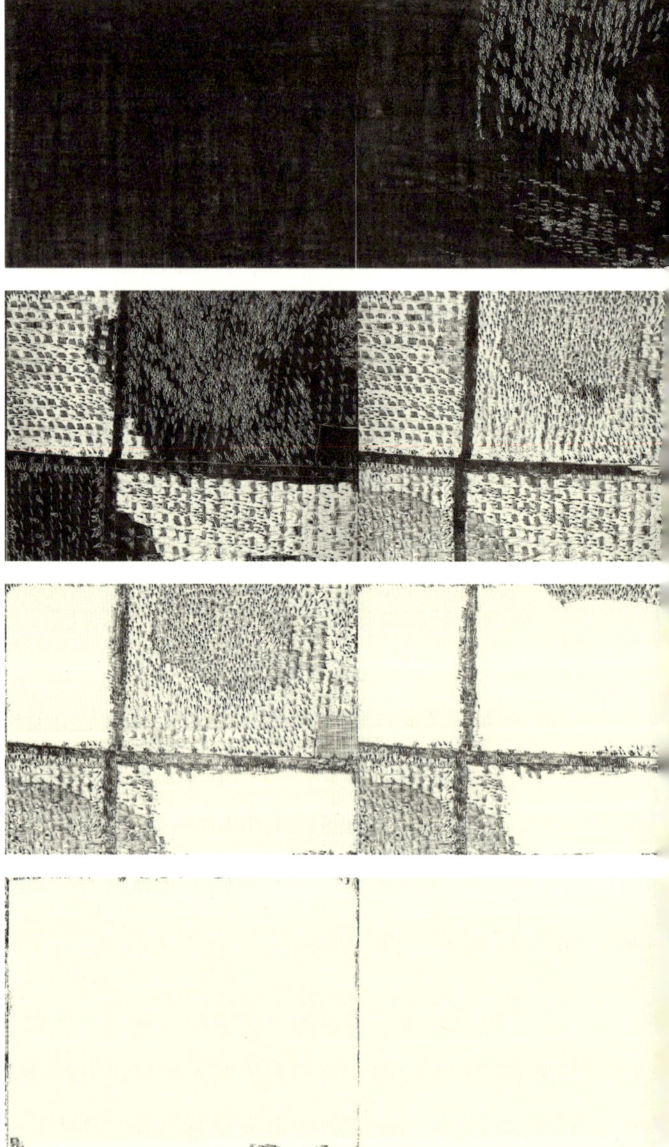

《五个复数系列——田》，1987

画的人，表现出更能在“学院训练”与“现代”手法之间转换自如的原因。

“复数性”被我“实用主义”地用在了我“转换期”的创作中。这期间我做了两组实验：对“印痕”试验的《石系列》和对“复数”试验的《五个复数系列》。特别是后者，可以作为我的旧版画与后来的所谓“当代艺术”作品相连接的部分。当时与复数相关的思维异常活跃，这组画，我像做游戏般地找出各种重复印刷的可能，这些为以后的《天书》装置做了观念和技术的准备。四千多个字模源源不断地重组印刷，向人们证实着这些“字”的存在，这效果可是其他画种无法达到的。

还有一点值得提及的是，从这组木刻起我可以说，我会刻木刻了！木刻界从鲁迅时代就强调“以刀代笔、直刀向木”，但有了行刀的新体会后，才敢怀疑：我和大部分中国木刻家，过去基本上是用刀抠出设计好了的黑白画稿，刀法是经过小心安排，再按设定执行的结果。完成创作之外，少有像国画家弄笔戏墨的境界。我当时直刀“乱”刻，像是找到了一点“戏刀”的感觉，这与前段“只能胡涂乱抹”的状况有关。艺术上某种新技法的获得，经常是无路可走或无心插柳的结果。

这个系列之后，我停止了木刻。我当时觉得：尝到了什么是“木刻”，就可以先放一放了。

1990 年，我在城里待得没意思，《天书》也受到一些人的批判。我知道我马上要出国了，那时一走就不知何时才回来。我决定把很久以来的“拓印一个巨大自然物”的想法实现了再走。我那时有个理念：任何有高低起伏的东西，都可以转印到二维平面上，成为版画。做了多方准备后，5 月，我和一些朋友、学生，以及当地农民，在金山岭长城上干了一个月，拓印了一个烽火台的三面和一段城墙，这就是后来的装置《鬼打墙》。有人说，这是一幅世界上最大的版画。那时年轻，野心大，做东西就大。

7 月，我带着《天书》《鬼打墙》的资料和两卷《五个复数系列》，去了美国威斯康星大学。以后的十八年，我基本上是在世界各地的创作和展览中度过的，生活、参与，跟随着从纽约东村、SoHo、后来的切尔西（Chelsea）到现在的工作室所在地布鲁克林的威廉斯堡（Williamsburg）这些当时最具实验性的艺术圈的迁移。我和来自美国及世界各地的艺术家一样，带着各自独有的背景成分，在其中试验、寻找着装置的、观念的、互动的、科技的、行为的，甚至活的生物的，这些最极端的手段。出国时带到纽约的这些旧版画，一直压在储藏室，再也没有拿出来过。偶尔收拾东西看到它们，像是看另一个人的作品，倒也会被它的单纯所触动。版画离我越来越远，好像我从一开始就是一个极“前卫”的艺术家。可 2007 年我收到全美版画家协会主席阿普里尔·卡茨（April Katz）先生的信，信上说：“我非常荣幸能够正式通知您，我们将于 2007 年 3 月 21

日，授予您版画艺术终身成就奖。我们都非常期待您接受这个奖项。您的装置作品将我们的视角引到文化交流等问题上。您对于文字、语言和书籍的运用，对版画语言乃至艺术，都产生了巨大的影响。”我这才回头审视自己后来这些被称为“当代艺术”的创作，与“复数性”和“规定性印痕”这些版画核心概念之间，是否有一些关系。内行人一定会说不但有，还很强。它们是我的那些不好归类的艺术中的一条隐性的线索，也成为我的艺术语言得以延展的依据。

2009 年 6 月

分析与体验

——写给齐立[1]的信

齐立：

你好！接你信之前，曾接到台湾《艺术贵族》寄来的发于该刊1990年10月号关于《鬼打墙》那两篇评文的质疑文章。文章的作者大动肝火，并有求得讨论之意。讨论固然好，但我却觉得不易与他谈清那些实质的问题，因他的疑问大部分是属于思维范畴和尺度的不统一所致。他习惯用某些人为概念衡量别人的工作是否符合标准，而我要做的事情则是重新测验某些概念的尺度。度量衡不统一，

1　齐立，1969年生人，1992年自缢离世，北京戏剧学院舞美系八八级学生，中国早期行为艺术家，导演王小帅曾以齐立的故事为原型，制作故事片《极度寒冷》。

账算不清，先要解决的是单位换算的问题，而与你则不需要花时间在换算上。不管个人看法如何，你信上的思考倒是触碰到一些关键的、值得去费脑子的问题。事情到了一定火候，说是去分析，不如说是去体验，你的信像是在帮助我一起来体验。

说到分析和体验，我首先感到的就是累。我们这些画画的本来都是些手艺人，但当我们开始知道艺术活动作为文化参与的实质目的后，我们则被卷入到一种无休止的穷尽思维的疲乏与困惑的深渊中。手艺人又都是些进入角色的、动真格的人，没办法，因为我们的方法是用自身体验去寻找。自从人类想出了那些似画非画的文字，人们就开始越来越复杂、越来越累，也就越来越搞不清楚地去思考事情。要说我造那些“字”是想清理仓颉的这些“罪过”，但没想到反被绕在其中，把本来简单的事情越搞越乱，弄得反倒不明白，让别人也跟着受累。要说我们这些人都是属于那些坏了心的人。

《析世鉴》[1]发表以后，我曾收到过一些用我的那些“文字”给我写的信，我看不懂他们是在清算我的罪过还是在表扬我。一切都是悖论，《析世鉴》对我更是一个大的悖论。它本是在无所适从的焦虑中开始的，但结果还给我的是这行为自身促成的更焦虑的原初。这里我给你抄一段当

1 《析世鉴》为《天书》最初使用的名称。

时的笔记:"《析》给人们提供了多义的读解，也将我投入了新的困境，这困境反促使我去读解它，读解我与它的单独过程和后来它所引起的。它的内容反过来常给我一些陌生思维的暗示，这种陌生感又帮助我重识其自身困境的清晰。被证明般地体验了常伴世界和我的不适又无所适从的因由——思维状态的习惯性欲望所伴随的松懈与焦灼的解脱行为的缠绕；在附加与努力的明确进展中铸造着实质的原初，唯一的进展只是这命运觉悟到自身时一次次接近清晰的悲哀。这运转具有一种必然的制约力，上了这个玩具机，似乎就不能停，直到把你搞到说'算了'为止，而最后的解脱是认可。"你已经感受到了,《鬼打墙》这个"在心理空间和文化时间段上极度错位"（尹吉男语）的行为的真实动因，确实来自长期刻制《析世鉴》结束后所产生的"厌恶心理"与无奈。这就有一个问题，既然如此，为什么不无休止地刻下去呢？我也要问自己。我想，回答是：因为我们是体验者，是搞艺术的人，是从人的出发点，而不是从佛教哲学观圣人的出发点，因为我们着眼于人的问题。从刻字的小屋中走出来是重要的，它让我明白了那睡眠般的状态是怎么回事，我们是怎么回事。这自投罗网般的实验及感觉所得到的是真正属于你的，这不像在物质上或是规定上属于你，实际上却是可以离开你或随时可归属别人的。另外,《析世鉴》的几个异常的阶段，让我知道了是什么在左右着我们这些患有艺术幻想症者的行为循环，一次

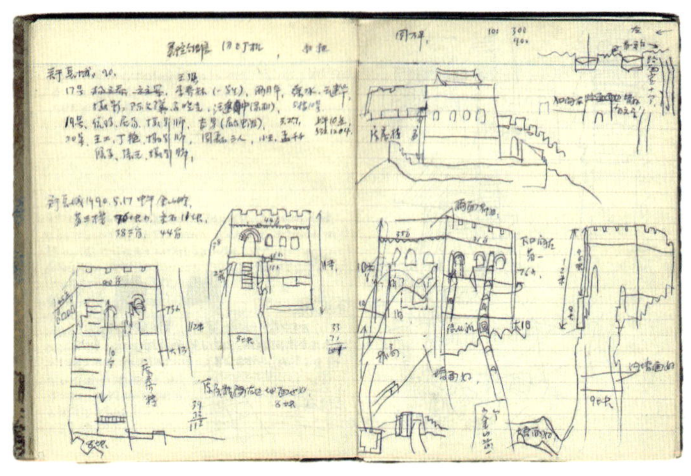

《鬼打墙》笔记本，1990

次地把你带进去，又一次次地把你投入到精神危机的深渊（这没准正是使个人的艺术不断深化的途径）。这种精神瘫痪状态及明知的无奈状态，反倒刺激我的工作转化为一种对强刺激的无聊感的品尝。似乎是在实验般地故意制造一种异常，进而走近它，得以感觉不到它的存在。这像是自己骗自己般地进去，想抓到一点什么，而后抓到的一定还是对意义问题的彻底清醒。一切五花八门的行为和付出只为了这一点的证明，因为我们这行当就是干这个的，是我真正有兴趣的，否则这日子怎么过？（我们去干什么？）

如果说《析世鉴》的过程是散失对封闭摧毁的体验，那么《鬼打墙》将是对异常的散失平息的体验。它的运转

《鬼打墙》工作照，金山岭长城，1990

方式、经费支出的方式、记录手段的安排性，以及它与传播媒体的联系，与社会机构琐碎的摩擦及世俗传闻癖的关系，这一切都使这个阶段行为变得莫名其妙起来。而作为参与者的我们，突然成了野外的一伙什么东西，并与现代社会和意识的那一部分形成了一种很滑稽的关系。本来是最普通的干活行为变得异常起来，我们郑重其事地把它当回事去做，郑重其事地搭起巨大的脚手架，而后再郑重其事地拆掉它，一次次地上山然后再下山，郑重其事地接受着辛苦。这作品的过程本身简单得只是拓片、干活而已，本没那么多文化阐释性和深刻含义可言，但这一切“故意”及人为意识，使这个阶段抽空为一个很特殊的时空。你细想来，所谓艺术行为的性质是由这个“意识到”决定的，它在当今艺术中具有点石成金的作用。日前在纽约现代艺术博物馆（MoMA）举办一个题为“高与低”（HIGH & LOW）的大型展览，主办者的思路是用大量的数据与近年来最重要的大师作品进行对照，像是在狠狠地揭露这些不可一世的现代经典作品最通俗的来源。你会发现其无异于儿童的涂鸦行为，同样是最俗气的广告形象、卡通画片，以及等同于生活的普通行为，由于特殊的意识指向变成最具有暗示性的活动。当今艺术的焦点部分，简直是在意识制造的颠倒与错位的异常态中进行的。《鬼打墙》对我个人来讲，感兴趣的是在特定意识制约下的与它之前及之后割断的空间，以及相搏目的的扭结中所隐藏的新思维契机的可能性。阶段性的极度兴奋与疲乏，结果是导致精神上的抽空与无知觉，而这种感觉又是我带着那一大堆辛苦的果实回到原状态中才醒悟到的。有意思的是，疯狂般的刺激的结束，与从刻字小屋中走出来的结果是同样奇特的。如同一场认真的逢场作戏之后，离开派对时走在街上的感觉，真是一种不知道该去怪谁的感觉。

《鬼打墙》这过程开始了，我当然要把“戏”做下去，因为我与它的纠缠还没有完。谁接触它时都会问到怎么展览的问题，每次我都会饶有兴致地描述它实现展出的情景，但目前为止却还没有一个合适的地方来实现它。在野外的疯狂，简直是一种给展出制造困难的行动。我有时想，这作品由于它的异常原因（而绝不是因为它所包含的行为性）始终不能实现展出结果，也许倒真的是有意味的，它彻底完成了我 1987 年以痕迹形式将室外与室内空间倒错这个既简单又荒唐的原初想法。

徐冰

1990 年 12 月，于美国麦迪逊

《鬼打墙》，美国艾维翰美术馆，1991

东村 7 街 52 号地下室

在美国生活已有十几年，可我还是有一种初到美国之感，我也不知道为什么总有这种感觉。

我 1990 年去美国，第一站是威斯康星麦迪逊，在那里没待几天，我就订了一张去纽约的机票，像我的其他朋友一样，急于去朝拜这个“中心”。但和大多数朋友不同的是，我没有决定留下来，主要原因是我能感觉到在纽约的中国艺术家的困境。林林[1]说：如果谁还想在纽约艺术圈做点什么事情，谁就不懂得美国。但我既然来了，就想试一试，因为我总不明白现代艺术这块东西到底是怎么回

1 林林，旅美画家，1985 年至 1991 年生活于纽约。1991 年 8 月 18 日在纽约哈林区街头画像时遭枪击不幸身亡。

事。两周后我又回到了麦迪逊，做我的所谓“荣誉艺术家”（Honorary Fellow）。在那儿待了一年，做了我在美国博物馆的第一个展览。这展览规模很大，效果也好，现在看来，这实际上是我在国外事业的开始。

展览开幕第二天，谢德庆[1]和他的朋友开了一辆卡车，从纽约横穿半个美国来看我的展览。这让我很感动，但又不知道怎么表示，因为两人都是第一次见面。早就知道谢德庆的东西被许多美国大学艺术或表演专业作为教材在研究，但此人看上去完全像一个苦大仇深的打工仔。他的朋友则带着一种疑惑的眼神从远处看过来，我当时被叫醒，穿着半长的睡裤，下来开门，他一定是诧异于，这么辛苦来这里，等待他们的，竟是这么一个迷迷糊糊的人和完全没有整理过的房间。人不熟就没话，先去看展览吧。看了作品后我们的话才多了起来。不熟没话，太熟了不认真谈话，半生不熟时话又多又认真，所以那三天聊得很“彻底”，但具体内容我有点忘了，差不多都与艺术有关。我记得他俩为我《天书》盒套上的一个装饰线是否多余争论不休。当时我觉得他们是在“较真儿”，故意逗德庆。后来接触多了，特别是看到他们各自亲手完善起来的工作室后，你就可以理解这场“较真儿”了。这两位差不多属于我遇

1　谢德庆，美籍华裔艺术家，最著名作品为“五件一年”表演和“十三年计划”。

见过的对艺术质量要求极高、对品位极苛刻的人。

麦迪逊之后，我去了南达科他州的一个叫弗米利恩的小镇，学习西方传统手制书的技术。“达科他”在印第安语中就是“玉米地”的意思，可想其遥远，大部分西部片都是在这儿拍的。如果要研究美国本土文化，这是个好地方。由于麦迪逊的展览，我的作品开始被艺术界注意，加上过去在中国的基础，那时已有不少展览的邀请。从“玉米地”去任何地方都很麻烦，因为我始终持中国护照，那时中国护照还很不方便，去别国签证手续复杂，每次都要去芝加哥或明尼阿波利斯办理。我也知道这里不是久待之地。1993 年 3 月我搬到了纽约，和德庆的这个朋友一起住在东村 7 街 52 号。所以后来有人说，我在国外使用了农村包围城市的策略。

我去纽约，正是他计划搬回北京的时候。我也省得再去找房子，把他的合同转到我的名下不就行了。他是老纽约，房租错不了，在这一带混久了之后，他在街上走来走去，不管是黑道白道的人好像都敬畏他三分。我和他在附近走几趟，有点像黑社会老大向这一帮人提醒:“这是我哥们儿，以后多关照。”他外表给人这样的感觉，但内心属于细致的人。他一直想手绘一张纽约的活动图给我，把我爱去的地方标出来。有一天他真的画起来，画得极认真。我说，你就标在一张地铁图上就行了。后来我就有了一张上面标着“★ Gay 吧，进去注意”，“★ 圣马可书店，艺术书好”，或者一碗面条、两根筷子这类小画的地图。有一段时间我不在纽约，喻红和刘小东住在这里。这张图就转到了喻红手里。我还记得向她交代图上的内容时，她说了好几次：“这张图怎么这么好玩。”

7街的这个地下室很有名，来过的人不计其数，住过的人也很多。影视界大导演张艺谋、陈凯歌、郑晓龙、冯小刚，名角姜文、王姬等都在这儿住过或是工作过。传说陈凯歌“一夜白了头”的段子就是在这儿发生的。谭盾住纽约，不必在这里留宿，但他是常客。他知道我来纽约之后，请我们去吃饭，也想一起搞点东西。他能做一手好菜，一点不比他的音乐差。那天告辞后，当我和朋友回到住处，谭和当时还是女友的Jane却在门口等我们。怎么回事？原来送我们走后，他们又出来散步，遛弯到了这里，我们路上连玩带走，比他们走得慢。于是就又进来聊了一通。临走，朋友从墙上取了两件自己的作品送给谭盾，反正也要走了，他不太在乎。老栗来纽约，想请他去住的人很多，但他愿意住在这里，地下艺术的领导喜欢地下的感觉呗。喻红和刘小东的孩子就是在这儿怀上的，回北京后生了个女儿。后来见面小东说：“就是因为地下室的阴气太重，才是个女儿。”他现在一定喜欢他女儿喜欢得不得了，但那时他多少有点重男轻女的思想。

这个地下室有名的另一个原因，是因为电视剧《北京人在纽约》有名。此片大部分室内场景都是在这里拍的。

它面积挺大，等于是整个楼的一层。里面曲里拐弯的空间很多。五年后我离开时才发现，后面还有一个小院。当时拍戏把墙喷黑了，就是王启明[1]刚到纽约时的地下室，卧室就是王启明的办公室兼谈恋爱的地方。这房子里的所有用具都是《北京人在纽约》的道具。此剧在北京热播时我是房主，一时间这地下室恨不得成了大陆游客的景点，很多来探亲的父母都想找关系来这里看现场。有朋友建议：你应该开一个咖啡馆、饺子馆，附带摄影留念之类的，专门接待大陆游客，一定发财。一通畅想之后，像是已经过了开咖啡馆的瘾。

如今这个地下室比王启明的那个地下室奢侈多了。它位于纽约东村的中心，虽说是地下室，当时月租已是一千五百美元。这里是朋克文化的发源地，二十世纪九十年代初，朱利安尼市长整治纽约未见成效之前，这里还能看到真正的嬉皮、朋克的影子。纽约和美国各地的愤青酷妹最爱光顾此地，人有生不逢时未赶上朋克辉煌年代之悲情。白天不少游客，天一黑，真的东村人就都出来了。每天一到12点，朋友一定是说："怎么着？出去转转吧？"意思是街上该好玩了。出门左手是Homeless Sell，差不多应该译成"流浪汉夜市"，我去得最多。流浪汉、小偷、捡破烂儿的，一到这时候就把一天所获拿出来炫耀和兜售，

1　王启明，电视剧《北京人在纽约》里的男主角，由姜文饰演。

每天有新货，应有尽有。在纽约没有工作的人都自称是艺术家，混在其中，淘些材料或便宜货。警察带着失主在角落的车里注视着，没准儿丢失的宝贝随时就会出现在眼前的地摊上。在东村，看上去活得最兴致勃勃的就是这些流浪汉了。他们有他们的圈子和讲究，有些是专门收藏易拉罐的，有些是专门在街上做装置的，至于行为艺术，他们差不多随时随地都在表演。我有一次去法国，居然看到一个东村的流浪汉在巴黎街头行乞，这着实让我吃了一惊，他像是我的一个影子。

纽约楼房地下室入口都是在大门的台阶下面，是个低于地面的小天井。拍电视剧时，门前留下了一个红灯泡一直没有去换它，也让来人好找些。也许是这个红灯的原因，这里成了流浪汉和街头女孩们做爱的场所。晚上在工作或在睡觉，有时能听到外面有响动或喘气声，那一定是有人又在“干事”。我一般是随他们去，流浪汉和妓女的爱情多浪漫，也需要有个地方呵。有时没注意，出门时正赶上他们在忙活，男的说：“Just a moment!”（马上就好！）边提裤子边往外走，女的还在那里呻吟。我当时想过，在门上安一个摄像机，也许哪天能做个作品什么的，但我经常是想到了就算做过了，没有实际行动。

那时的东村还住着一些美国早期文化运动的重要人物，如艾伦·金斯堡（Allen Ginsberg），他是“垮掉一代”的巨星，对一代人的思想有过深远影响。他与男友一直住在东村的一个小公寓里。在家门口看到他，你会觉得他只是一个邻居老头。对我来说，每天最好的时候是在5街街角上的库伯餐馆（Cooper Diner）吃早餐，在我习惯的位子对面，差不多每次都坐着一个永远身穿老式西装、戴一顶黑礼帽、领口露出点花领巾的老太太。我们有时互相看看，因为有没有客人都会有我俩。有时会有一些年轻人来陪她喝咖啡或送花给她，甚至有电视台来，只是拍她不动声色地吃东西。我想，这老太太不定又是谁。有一次和她聊了几句，她也说不清楚她是干什么的，也许我英文不好，她没听懂。或是我没听懂。

一次我去切尔西转画廊，顺道进了一家同性恋书店，进门先看到的就是这老太太的照片被印在一本厚书的封面上，放在重要推荐书的中央，原来“她”是昆汀·克里斯（Quentin Crisp），美国同性恋运动的精神领袖，《纽约时报》说“她”是“一个在世界上活得最具特色的人”，其实“她”是个老头，所以他说不清楚自己是干什么的也情有可原。怪得很，好像在我知道他的“底细”后就再没有见到过他，因为我没有印象再见到他是什么感觉。今天为写这篇东西又想到他，网上一搜索：老人1999年已去世，赶在临终前他还是回到了英国老家曼彻斯特。纽约道之深，即使老纽约也会有“初到之感”。

1998年，因为房租的不合理，我与52号楼的印度房东有了官司，恶人先告状，但他却败诉，被罚款，但我们年底必须搬出去。我知道他一定不会退还我五年前那些押金的，但我离开前还是把这个地下室打扫得干干净净。因为它对我和对许多早期在纽约生活过的大陆艺术家，甚至那些电视剧的爱好者们，都具有特别的意义。

2004 年复活节，于柏林

这叫“深入生活”

去年尼泊尔之行，朋友们问我，去那儿干什么？我说是去“深入生活”，他们都觉得我在开玩笑。都什么年代了，还“深入生活”。

“深入生活”是中国大陆二十世纪七八十年代特有的事。艺术家和艺术院校学生每年都要有几个月的时间到农村、工厂或僻远的少数民族地区，与当地的人民一起劳动和生活，与他们交朋友，熟悉了解他们，目的是把思想感情转移到他们这边来。同时收集创作素材，然后回到城里进行创作。这就叫“深入生活”，是艺术家的必修课，被看作是搞出群众喜闻乐见的好作品的前提。

我那时在中央美术学院，是“深入生活”的积极分子。因为我一心要成为一个有出息的艺术家。我最爱往偏远的角落跑，因为那里的人纯朴。我有一张中国地图，上面用红线标着我去过的地方。红线越来越密，我真去了不少地方。那时每个艺术家都习惯随身带一个“速写本”，把身边发生的生动的东西画下来，这本子差不多就是照相机的作用。然后根据这些素材，经过筛选和加工，组成一幅内容深刻、主题鲜明的作品。这是我们当时理解的“艺术源于生活又高于生活”的艺术观。当时，把零碎材料拼成一幅完美画面的技术，很像手工的photoshop。

那时候，艺术家把“深入生活”当作提高认识和改造自己的过程。在生活中体验到的事情，都可以用来检查自己的思想。记得有一次我在地头画一位老农的肖像写生，画完后我请他在下面写上自己的名字，这是一种尊重的表示。没想到他看后很生气，他嫌我把他的脸画了这么多黑道道。我解释这是艺术，他说什么是艺术，便更生气，恨不得要打我。但在写“深入生活”总结时我却这样写道：“这件事使我进一步检查自己艺术观的问题：是把艺术和表现艺术技巧放在首位，还是把所表现的对象放在首位？”这问题现在听起来多幼稚，但细想想，即使今天我也不一定能回答得清楚。那时去一些穷困地区，经常有当地人拉着我们，反映地方干部如何腐败、欺压他们，又无处申诉的事。我开始不知道是怎么回事，后来才明白，因为我院叫“中央美术学院”，在地方看来，不管你是干什么的，只要带“中央”字头的，一定是和中央政府在一个大院里工

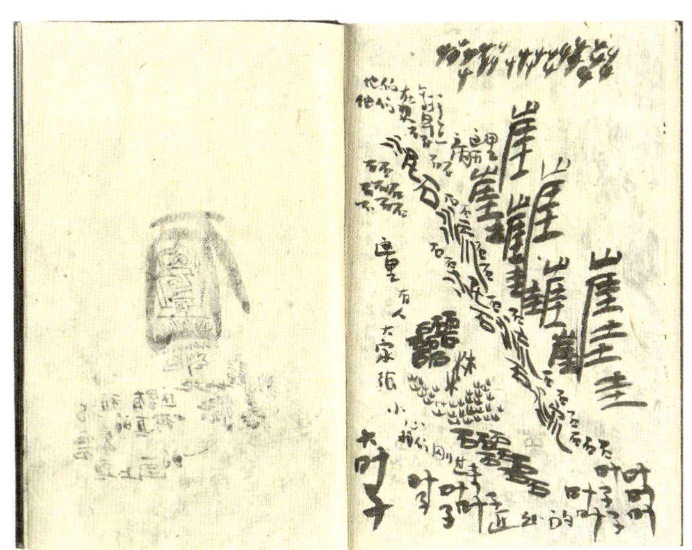

文字写生本，尼泊尔，1999

作。通过我们，一定可以把他们的不满直接反映给主席听。确实在“深入生活”中体验到的是在画室里得不到的，让我了解了真实的中国是怎么回事。

二十世纪八十年代，中国大陆新潮艺术兴起，“深入生活”成为一种过时的方式，也就没有人再提了。我的艺术也有了很大的变化，并且对艺术与生活的关系也有了新的认识。在八十年代末期，新潮艺术受到严厉的批判，我的作品成了头号批判对象，被指责为新潮艺术十大错误倾向的集大成——内容贫乏、思想空虚、荒诞颓废、脱离生活，等等。那时的文化界很沉默，不久我移居美国，开始参与

徐冰与同去的艺术家在尼泊尔喜马拉雅山，1999

西方当代艺术的活动，一干就是十年，对过去那段“深入生活”式的创作也就忘得一干二净了。

1995 年，当芬兰凯斯玛现代美术馆策展人马瑞塔·耀库瑞（Maaretta Jaukkuri）向我介绍并问我是否愿意参加“喜马拉雅计划”时，我很兴奋，像是听到了一句遥远但又熟悉的话。我的第一个反应是：这不就是我在中国时的“深入生活”吗？我愿意去，我已经很久没有以获取艺术灵感为目的去体验一段特定的生活了。这可以给我一个机会去重新反思，在中国和在西方的两个完全不同的艺术创作阶段的得失。一个表面上近乎相同的形式和行为，却来自完全不同的时期、国度和艺术观念。

去年秋天，我带着和以前一样的心情和准备，来到加德满都。坐在从机场到旅馆的人力车上，我开始感觉有什么地方不对劲，大概是我坐在人力车上享受着别人劳动的原因。这在过去是绝对不行的，应该和当地人“同吃、同住、同劳动”，这是很久以前的、又是根深蒂固的概念的暗示。我习惯性地拿出速写本和照相机，我想，我应该开始工作了。可是，相机在手里拿了一路，一张也没拍，不是因为加德满都对我不够新鲜和刺激，而是我不知道应该对什么东西感兴趣：是对加德满都贫困落后的现状感兴趣？是对文化习俗的异国情调感兴趣？还是对在那个环境里出现的可口可乐这类文明商标感兴趣？都不是。因为我不习惯用一种知识分子的，或旁观者的、怜悯的眼光，我也不习惯那种从所谓文明的角度，对未改变的传统风俗大为欣赏的眼光。让一部分人永远保持一种与现代生活无关的状态，谁来付这个代价呢？此时，我不知道怎么用我的眼睛，我开始不熟悉这双眼睛了。这像是一双我过去熟悉的、在中国的西方旅行者的眼睛。一双比被看者优越的、猎奇的眼睛。我还不习惯自己的这双眼睛，不习惯这种被看者体会看者眼睛的感觉。我感到一种从未有过的深刻的身份和视点的转换与不确定的悬浮感，这是此次尼泊尔“深入生活”最深刻的体验，也是过去在中国无数次地“深入生活”都不曾有过的。当然这又是与我十年在西方的“深入生活”分不开的，只是通过尼泊尔的一段特殊的生活空间被验证出来了。这其实是我现在真实的生活现实。

2000 年 4 月 28 日，于纽约

《赫尔辛基喜马拉雅的交换》捐款箱原始位置，尼泊尔喜马拉雅山，1999

《赫尔辛基喜马拉雅的交换》，芬兰凯斯玛现代美术馆，1999

徐冰与雅克· 德里达，2000

TO：雅克 · 德里达先生

第一次知道德里达（Derrida）这个名字，是在一篇评论我艺术的文章上，但忘记了是哪一年。从那以后，我发现许多中外学者、艺评家、学生论文都爱用德里达的理论来分析我的艺术，特别是《天书》那件作品。我把汉字拆解后组合成了一种谁都读不懂的伪汉字，在文化人言必称德里达的年代，套用“解构”理论来“解构”《天书》太合适了，既时髦又深刻。“Derrida”这个发音和“德里达”这三个汉字，对文化人来说已经完全不是一个人的名字，而是一个又耳熟又难懂的理论符号，熟悉到了一个已经感觉不到内容的程度。

这么多人爱把我做的事与这个八竿子打不着的“德里达”扯到一起。有一段时间我觉得：不行，我要把“德里达”，把“解构”是什么搞清楚，否则自己都觉得不好意思。但说实话，直到现在我也没有把任何一本他的书从头到尾读完过。他的理论到底是什么，越读越不清楚。有时觉得懂了，但多读几页后又有点云里雾里。有时向懂行人讨教，一时会觉得：噢，差不多是这么回事；但过一段时间扪心自问：德里达的思想是什么呢？除了“在场”“踪迹”“回归异延”“他者的语言”之类一个接一个的概念外，更多的就说不上来了。他对既定结构的消解与海德格尔对西方形而上学的颠覆像是一回事。他又说，“解构是对生命的肯定”，这与“禅是对生命的肯定”有什么不同呢？我知道事情一定不是这么简单，但这些对我来说只能似是而非了。算了，也许我的思维不适应西方这套严密的颠过来倒过去的方法，把本来简单的事情弄得有点复杂了。我想，我是真正的东方人，读起中国哲学、禅学这套东西倒觉得舒服得很。当然这里头也有玄的东西，但我天生不怕“玄”，就怕“绕”。绕不是不好，只是我不习惯，东绕西绕就给绕乱了。玄多少心里还有点儿底。我爱读铃木大拙的书，特别是他的一些带有禅入门性质的小册子，随手翻开任何一页，都能读出一些感觉来。这不是从书中知道了什么理论，而是有说不出的东西被他说出来了，所以才会有舒服的感觉。有一段时间我出门都要带上他的书，有点像那年头去哪儿都带着“毛语录”。自从有一次在一本书上读到海德格尔的一句话，我对西方哲学的不安才有所缓解。

他在读了铃木的著作后说:“这正是我在我所有著作中所要说的。”这之后我心里踏实多了。

2000年我接到一封纽约州首府奥尔巴尼公共图书馆的信，说他们在秋天准备搞一个题为“书的结束”(Book Ends)的展览及研讨活动。其中将有一个包括格雷·希尔[1]等六位艺术家的联展，以及我的一个个展，因为我在这方面做过许多作品，为此他们会把德里达请来与我做一个研讨活动。我不相信是这个符号的德里达，他们说就是这个德里达。

研讨会是在10月的一天，两组讲演围绕我的艺术和德里达的理论进行。我被安排在下午，会议主持伯恩斯坦教授做了关于我和我的艺术的发言，并说了为什么把我们两个放在一起，带有介绍性质。我做了题为“在视觉与书写之间：关于我的艺术”的讲演。之后有三位学者联系我的作品分别读了论文。德里达的讲演在晚上。大卫·威尔(David Will)教授做了对德里达最新著作的介绍，接着德里达做了“书的结束：数字档案时代到来”的演讲，随后也是三位学者就他的讲演做了发言。坐在我边上的加州大学伯克利分校的博士生南希(也是我这组的一个发言者)对我说:“今天来了很多人，是因为你和德里达在一个房间

1 格雷·希尔(Gary Hill)，美国当代艺术家，他被视为视频艺术的奠基艺术家之一。

里。”她这么一说我倒不好意思了。我可没有这么重要，我说：“完全是因为德里达。”

听德里达讲演时我坐在最前排，我看上去聚精会神，其实是在欣赏他的讲演风格。南希问我：“你听得懂吗？”我说：“听不懂。”她说：“没关系，我也听不懂。”德里达在讲台上真的有现在年轻人爱说的“酷”的感觉。一头白发，脸上的肌肉属于比较硬的那种。使用大量艰深的词句，一口法语腔很重的英语，有时讲着讲着真的一段法语就出来了，不管下面的人是否听得懂，他总是语气坚定地往下讲。总之，听他讲演，我感受最深的就是自己的听力怎么这么差。

讨论结束后我上前与他打招呼。走近他时我发觉，他在台下与台上的感觉不太一样。他属于那种不爱说废话的人，总有一点想说话，但又不知道说什么的感觉。说出来的话语气是通俗的，我的听力也好了许多。他说：“我看了你介绍的作品和展览，很特别，我喜欢那个蚕吐丝包裹手提电脑的作品，那个作品说了很多的意思。我是否可以得到一份这件作品的录像数据？我要把它写到我的书里。”我说：“手提电脑叫Power Book，也是一种书。”他点头。我知道我展览的策划人安排了他在我的展厅亲自教授当地的小学生写我的“英文方块字书法”，但他并没有向我提到这件作品，也没有提到和他的“解构”这么有关系的《天书》。我猜想，由于我的中国语法的英语，他一定也没听懂

TO：雅克·德里达先生

第一次知道德里达这个名字，但忘记了是哪一年。是在一篇评论我艺术的文章上。从那以后，我发现许多中外学者、艺评家、学生论文都喜用德里达的理论来分析我的艺术，特别是《天书》那件作品。我把汉字拆解后组合成了一种谁都读不懂的伪汉字。在文化人言必称德里达的年代，套用"解构"理论来解构"《天书》太合适了。即时髦又深刻。"Derrida"这个发音和"德里达"这三个汉字，对文化人来说已经完全不是一个人的名字，而是一个又有点难懂的理论符号，甚至到了已经完全不顾内容的程度！

这么多人喜把我做的事与这个八杆子打不着的"德里达"扯到一起。有一段时间我觉得：不行，我要把"德里达"和"解构"是什么搞清楚，否则自己都觉得不好意思。但说实话，直到现在我也没有把任何一本他的书从头到尾读完过。他的理论到底是什么，越读越不清楚。有时觉得懂了，但多读几页后又有点云里雾

徐冰给雅克·德里达写的信（部分），2005 年

我的讲演讲了些什么。我告诉他："很多人谈论我的作品都会用你的理论，特别是那件叫《天书》的作品。"我还补充了一句："就是刻了很多假字的那件作品。"他只是点点头，看来他对别人引用他的理论早就习以为常了。我接着说："其实那时我还没有读过你的书，不懂得你的理论，如果我当时懂了，也许就不会做这件作品了。"他还是点头，但开始有些笑意了。这时有人过来给我们照相，我注意到他只要一面对镜头，总是做出一个姿势和表情，这时我开始感到德里达并不仅是一个哲学符号，也是一个拥名自重的人。但这之后，当我继续在各种文章上读到"德里达""德里达"时，当我收到他的差不多一样姿势和表情的那些照片时，他像是又隐回到那个符号中去了。

前不久我们在整理工作室，一位助手交给我一个写着"To: Mr. Jacques Derrida"（致雅克 · 德里达先生）的文件袋，眼神像是在问：这是怎么回事？我说："他已经去世了，那时他让我寄些材料给他。"他问："你怎么没寄呢？"我说："我也不知道怎么一直就没寄。"我确实干事有些拖拉，有时越是觉得重要、应该做，就越慎重，就越不轻易去做。我想一定是因为"德里达"这三个字的分量让我始终没有把这份东西寄出去。

2005 年 12 月 20 日

9·11，从今天起，世界变了

今年，我被欧美的一些机构邀请重展旧作《何处惹尘埃》，我被提醒：今年是9·11事件十周年。从历史来看，十年无法判断其长短，但这个世界、一个国家和你自己，却是实实在在地用掉了这一段时间。

十年前的9月11日早晨，工作室助手玛丽上班第一句话就是："快打开电视！有一架飞机失误了！撞在双塔上。"我纽约的工作室在布鲁克林威廉斯堡，与曼哈顿隔河相望。工作室楼前，大都会街西头的空中，耸立着两幢庞然大物，那就是世贸双塔。我立刻来到街上，正看到另一架飞机飞过来，实实在在地撞到第二座大楼上，又一个火团膨胀开来。此时的双塔像两个巨大的冒着浓烟的火把。不清楚过了多久，我感到第一座双塔的上部在倾斜，离开垂直线不过0.5

从徐冰工作室看到的双塔倒塌的情形，2001

度，整幢大楼开始从上向下垂直地塌陷下去，像是被地心吸入地下。在诧异于只有一幢“双塔”的怪异瞬间，第二幢大楼像是在模仿第一幢，以相同的方式塌陷了，剩下的是滚动的浓烟。那一刻，我强烈地意识到——从今天起，世界变了。说实话，眼看着两座“现实”的大楼就这样消失了，我却找不到那种应有的惊恐之感，它太像好莱坞的大片了。

而对我情感真正的震动，是在第二天早晨走出工作室大门的一刻，我感到视线中缺失了什么，原来，已经习惯了的生态关系被改变了。那段时间最让我感动的，是一位纽约孩子家长的话，她说：9·11之后，孩子找不到家了，因为她告诉过孩子，只要看着双塔就可以找到家。

事件后，整个曼哈顿下城被灰白色的粉尘所覆盖。我从不收藏艺术品，却有收集“特殊材料”的习惯。作为生活在这座城市的一个人，面对这样的事件，能做什么呢？几天后，我在双塔与中国城之间的地带收集了一包9 · 11的灰尘。但当时并不知道收集它们干什么用，只是觉得里面包含着关于生命、关于一个事件的信息。两年后当我又读到“本来无一物，何处惹尘埃”这句著名的诗句时，我想起了这包灰尘。我开始构想一件作品——用这些“尘埃”作为装置的核心材料。

这两句诗是六祖慧能回应禅师神秀的，神秀当时在禅宗界的地位很高，是上座。他为了表达对禅宗要旨的理解，写了一首诗，为：“身是菩提树，心为明镜台。时时勤拂拭，莫使惹尘埃。”慧能当时只是一个扫地的小和尚，他在寺院墙上写了一首诗回应道：“菩提本无树，明镜亦非台。本来无一物，何处惹尘埃？”由于慧能深谙禅宗真意，后来五祖弘忍就把衣钵传给了他。

这件装置的计划，2002年提出来后，由于事件的敏感，没有展览接受它。两年后，才首次被英国威尔士国家博物馆的“Artes Mundi 国际当代艺术奖”项目展接受。我将在9 · 11事件中收集到的尘埃吹到展厅中，经过二十四小时落定后，展厅的地面上，由灰白色的粉尘显示出两行中国七世纪时的禅语：“本来无一物，何处惹尘埃？”展厅被一层像霜一样均匀且薄的粉尘覆盖，有宁静、肃穆之美，但这宁静给人一种很深的刺痛与紧张之感：哪怕是一阵轻风

徐冰在英国威尔士国家博物馆，2004

《何处惹尘埃》，英国威尔士国家博物馆，2004

吹过，“现状”都会改变。

这件作品发表后，获得了很多好评，也引起了许多讨论。在中国，讨论主要集中在“当代艺术与东方智慧”的话题上，而各类英文纸媒及网媒上的讨论，却集中在使用9·11尘埃的意义上，因为毕竟是9·11的尘埃，毕竟死了那么多人。作品发表后，我收到过一些来信，其中一封来自美国加州的美国历史博物馆的信说，他们知道我做了这件作品，并希望向我买一些灰尘，因为这个博物馆里有一部分内容是讲9·11事件的。他们收藏有救火队员的衣物、死难者的证件等，但就是没有收集灰尘。我说：这些灰尘怎么能出售呢？我觉得这件事情很有意思，它反映了当今不同文化背景下的世界观和物质观的不同，可是在佛教、犹太教和基督教等世界几大原始教义的传统中，对尘埃的态度却有着类似之处：“一切从尘土而来，终要归于尘土。”（Everything comes from dust and goes back to dust.）今天的人类与那些最基本的命题似乎已经离得越来越远了。

尘埃本身具有无限的内容，它是一种人眼可见范围内最基本、最恒定的物质状态，不能再改变什么了。为什么世贸大厦可以在顷刻之间夷为平地，回到了物质的原形态，其间涉及政治、宗教、意识形态的冲突。但有时我想，超越其上的另一个原因是：在一个物体上聚集了太多人为意志的、超常的物质能量，它被自身能量所摧毁，或者说这能量被恐怖主义利用、转化为了毁灭自身的力量。事件的起因往往是由于利益或政治关系的失衡，但更本源的失衡是对自然和人文生态的违背。应该说，9·11事件向人类提示着本质性的警觉，我希望通过这件作品让人们意识到这一点。

在展厅入口处的墙上有一组照片，表述了我把这些灰尘从纽约带到威尔士的经过。当我准备去威尔士做这件装置时，我才意识到，这包灰尘要想带到威尔士并非易事。国际规定是不允许把土壤、种子这类物质从一个大陆带到另一个大陆的，更何况是一包9·11的尘土（即使这包尘土没有任何有害物质，为观众的安全起见，展前博物馆曾在威尔士的实验室做过化验）。有乘机经验的人都知道，9·11以后机场安检的“景观”。怎么办？我想到用我女儿的一个玩具娃娃翻模，以尘土代石膏，制作了一个小人形，它好像是我的一件雕塑作品——因为我是艺术家——被带进了英国。之后，我们再把它磨成粉末，吹到展厅中。后来我觉得这个过程有意思，就把它作为装置的一部分，充实了作品的主题。这个行为有一些“不轨”，却涉及一个极其严肃的问题——人类太不正常的生存状态。

实际上，这件作品并非谈9·11事件本身，而是在探讨精神空间与物质空间的关系。到底什么是更永恒、更强大的？今天的人类需要认真、平静地重新思考那些已经变得生疏，却是最基本且重要的命题——什么是需要崇尚和

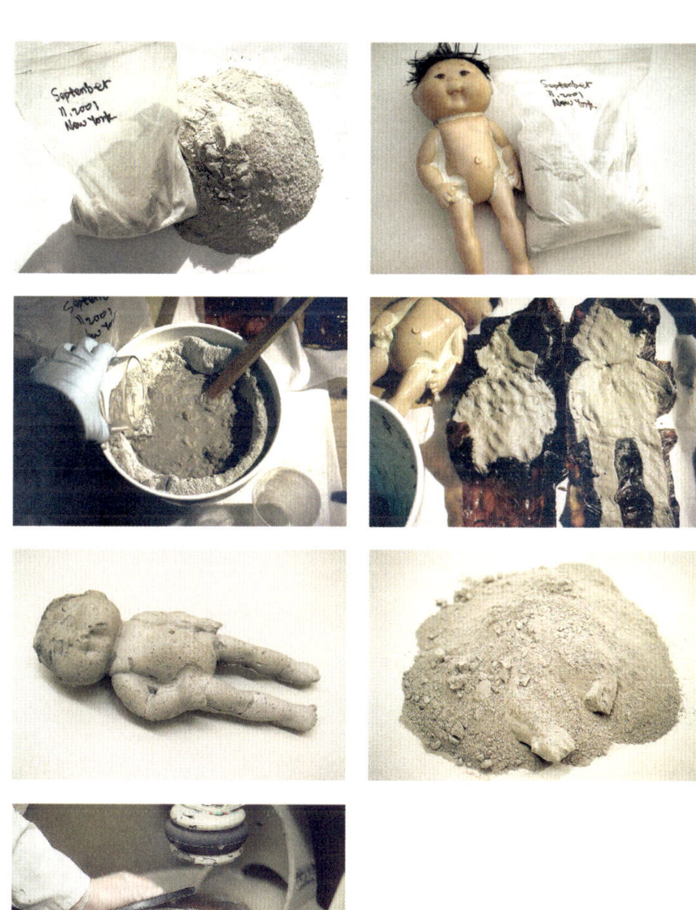

9 · 11 尘埃出境过程，2003

追求的？什么是真正的力量？宗教在哪？不同教义、族群共存和相互尊重的原点在哪？这不是抽象的、玄奥的、学者式的命题，而是与每一个人活着相关联的、最基本的事情，否则人类还会出现更大的麻烦。

我的中国朋友们对 9 · 11 事件，在思想上的谈论要比美国朋友更多，就像对中国的某一件事，美国人有时比我们谈论得更有兴趣。这十年里，整个世界的人们对 9 · 11 的谈论像尘埃在大地上的飘移，“平均地”、无处不在地进行着，试图从事件中找出意义，找到世界新的契机。唯有一点不同的是：美国人除此之外，还聚集了大量精力在对世贸重建计划、“自由塔”、“纪念地”方案的争论中。十年过去了，这些项目仍在讨论和建设中。

提到 9 · 11 纪念地，我想再多说几句。纽约市政府为了将来建立纪念地，在清理废墟的过程中，保留了很多纪念物：扭曲的建筑钢架，救火车的残骸，救火队员的衣物，被热量、重力挤压，碳化拧结的板块——每一个楼层被炭化、压缩成只有十厘米的厚度，真像是亿万年前的地层，却从中隐约可见双塔内部的设施。最让人不可思议的是，被微缩的文件柜中，邮票大小的、炭黑色的 A4 纸上，惊人地显现出坚硬的文字。纽约市政府留够了纪念地所需的对象之后，决定让世界各地政府机构或非营利机构去认领剩余的纪念物。我的一个朋友曾是 9 · 11 纪念地项目的艺术总监。近水楼台的我，获得了一块带着编号，位于撞机位置下部的双塔一号楼的钢架——它粗犷、巨大，经历过辉煌和惨烈的时刻。在美国肯尼迪机场巨大的仓库中，这些遗物已被看守了近十年，看上去像印第安族裔的看守人问我："你准备拿这件东西做什么？"我说："我先要把它运回中国，因为在这个事件中，有一百多华人丧生。"

此刻，我正在飞往纽约的班机上，今天的安检比往常严了许多（整个世界被安检了十年），因为又临近这个特殊的日子了。此行，即是为了这个日子。《何处惹尘埃》这件装置，目前正在纽约下城的一个空间中紧张地布置着，要赶在9·11之前对公众开放。隔了近十年，这件作品第一次在美国展出。之前，它曾在美国之外的几大洲展示过。这些十年前离开的尘埃，夹带着其他地域的、不同气息的尘埃，一起回到了纽约曼哈顿的下城。

这里，我用美国作家安德鲁·所罗门[1]的一篇散文末尾的一段，作为本文的结尾：

> 徐冰在9·11之后虚空的日子里，从下城收集到的这些灰尘，不仅是具有寓意的，它还包含着那个9月的微风中夹带的寻常与不寻常的内容，融汇着那一

1 安德鲁·所罗门（Andrew Solomon），美国当代作家，作品涉及政治、文化和心理学。代表作《正午之魔》（*The Noonday Demon*）获得美国国家图书奖。

天所带来的独有颗粒：大楼在倒塌中转化成的粉末，从大楼中散落而出的、如枯叶般的纸片，以及人类质地的灰烬，所有这些在火和力的作用中，融合成一种统一的、永恒的纯粹，并与每日的尘埃混杂在一起。过去十年，关于“自由塔”以及9·11纪念碑的、冗长而毫无结果的争论中，没有人注意到，其实这座纪念碑早已在那里：就是那些尘埃本身。

2011年5月

齐白石的工匠之思与民间智慧

我没见过齐白石，我的老师和老师的老师们都见过。我生平看的第一个美术展览是“齐白石画展”，这是我与齐白石仅有的一点点联系。

我不记得儿时去过几次中国美术馆看展览，但可以肯定的至少有一次，就是小学组织的参观“齐白石画展”。对于成天梦想着将来能成为“专门画画的人”的我，从西郊到市中心的美术馆看展览，那真是件郑重无比的事情。美术馆是好看的，翠竹、金瓦相映照，是只有艺术才可以停留的地方。那时还不知道有“艺术殿堂”这四个字。

中国的立轴画一幅幅安静地垂挂下来，世间竟然有这么好看的东西。水墨与宣纸接触后出现的是奇迹，每一笔都是绝无仅有的。由画家之手让水墨与宣纸相遇的时刻，水在棉质纤维间游走，墨记录这游走的痕迹，在水被空气带走前的瞬间，物质的性格在缝隙之间“协调”或“斗争”之痕被“定格”。这是下笔的经验、预感力与“自然”互为的结果，它在可控与不可控之间。这奇“迹”会感动每一个求天人合一、尚习性温和的中国人，美感由此而生。我们民族的自然观决定了中国画种的特性。齐白石是戏墨的专家，是调控水与棉物矛盾的高手。在画家之手与自然材料这两部分的分配上，他总是给自然让出更多的空间。他用笔用色极其吝啬：笔与笔的叠加少，碎笔少，用色变化少。他很懂得等待自然天趣部分的出现，人为触碰纸面的简约与收敛烘托出宣纸自然质地的美感。

对水墨画这些歪门左道的感想，是现在的我才有的。但在当时，齐白石的画所传递的这种人间绝美，是任何人通过生理就可以感受到的。对一个从未见过真迹的孩子，那真像是在体内植入了一种成分，是伴随终身的。

多年后，一度被“宣传创作”带入艺术领域的我，被素描造型埋住的我，又一次对齐白石产生兴趣，是在翻看画册时，被他“蔬果册”里的那幅《白菜辣椒图》上两只红得不能再红的尖椒调动起来的。什么人能把这辣椒看得这么红？只有那种对生活热爱至深的，天真、善意的眼睛才能看到。我好像看到了白石老人艺术的秘密：他为什么可以是在艺术史上少见的、越老画得越好的人？因为，他越到晚年对生活越依恋，他舍不得离开，对任何一件身边

齐白石《白菜辣椒图》，1957

之物都是那么爱惜。万物皆有灵，他与它们莫逆相交了一辈子，他们之间是平等的，一切都是那么值得尊重与感激。他晚年的画，既有像是第一次看到红尖椒的感觉，又有像是最后再看一眼的不舍之情。爱之热烈是恨不能把一切都看在眼里带走的。这是超越笔墨技法的，是“笔墨等于零”还是“不等于零”范畴之外的。

在这之后，白石老人的艺术再一次给我惊奇和吸引，是在北京画院美术馆看到他那些未完成的工笔草虫页子。这些大约是1925年前后画的，那时他六十有余。据传，老人是担心自己年事高后再也画不了这些他喜爱的小生命，

齐白石未完成的草虫作品，1925

趁眼力、精神尚好时，先把这部分画好放在那里，将来再添加上花草大写意。

这批画使我强烈地感受到他对这些小生灵的喜爱，以至达到近乎“仪式化”的程度，让我想到欧洲生物标本绘制家的作品——用最精细的毫厘，用人所能及的程度将对象描绘，才对得起自然造物之精彩绝伦。在这些寸尺大小的纸页上，仅有的一两只小虫，给人一种从未有过的生命尊严之感。

我们从他五十八岁时的一篇《画蟋蟀记》小文中，可见其对自然造物关注的程度：

余尝见儿辈养虫，小者为蟋蟀，各有赋性。有善斗者，而无人使，终不见其能。有未斗之先，张牙鼓翅，交口不敢再来者；有一味只能鸣者；有或缘其雌一怒而斗者；有斗后触髭须即舍命而跳逃者。大者乃蟋蟀之类，非蟋蟀种族，既不善鸣，又不能斗，头面可憎。有生于庖厨之下者，终身饱食，不出庖厨之斗。此大略也。若尽述，非丈二之纸不能毕。

齐白石应该从未受过西学的训练，但如果把这段文字与一张蟋蟀画稿并置，则全然是生物学—动物类—昆虫科教科书中的一页。科学家的工作与工匠的技能有时是有重叠的部分的。

这种行为让我好奇的是：齐白石以“兼工带写”著称，当费时耗神的工笔草虫画好了，大写意的花枝部分是可以信手挥就的。他为什么不一气画完，而要存到若干年后再去完成呢？在全世界也没有见过有哪个画家来这一手的，莫非是出于商业的考虑？“九十三岁白石老人”，“九十四岁白石老人”与“九十五岁白石老人”价值是不同的？

在他六十六岁时写给友人的信中说：“白石倘九十不死，目瞎指硬，不能作画，生计死矣！”他担心艺术的生命和生命本身。我也在替他想：当补齐大写意后又该怎么落年款呢？不得而知。

还有一种可能是：他要在力所能及之年把这一绝技发

挥和用尽。确实，人在某个阶段，不把这阶段该做的事做透彻，将来是要后悔的。另外，手艺人总有对“工艺”不能丢舍的癖好，满足于一点一点地把自己可控之下的某件事情做到最好。事情重要与否的考虑已不重要，这嗜好本身就是目的。能看出，他画这类画时是上瘾与兴奋的。在一幅年代不详的工笔小虾画作上的题款为：“此小虾乃予老眼写生，当不卖钱。”他真实的动机是什么呢，真是“奇”白石。也许，我们对他的许多不解，是由于我们不懂得“工匠之思”，我们没有走街串巷靠斧斤生活的体验和视角。我们有文化史的知识和批评的训练，但我们没有与他平行的“民间智慧”。也许我们虽然从美术学院毕业，但仍不了解自己手里做的“活”与现实是一种怎样的关系，是什么使我们可以成为一个以艺术为生的人，用什么与社会交换，或者说懂得社会需要你做什么。

总之，齐白石的工匠之思与民间智慧让他的研究者总有搞不懂的部分。他像是生来就具有解决“雅/俗”这一类让文化人永远头疼的、让艺术与商业不好直面的问题，以及解决能品与逸品这些艺术圈永恒的等级问题的能力，把传统手法与当下生活拉近的能力。

画画在白石老人是日常的事，是每日的劳作。有点“一日不做不得食”的意思。“为大众”与“为市场”在他老人家眼里是一件事。从做木工到做画家，就像从“粗木作”到“细木作”的改变，都是手艺，都是营生。

从老舍夫人胡絜青的描述中得以了解：

> 他解放后仍是自订润格都不高：每尺收四元，后来还是琉璃厂南纸铺为他抱不平，催他增到一尺画收六元，有工笔虫草或加用洋红[1]的加一倍。都是严格按照成本和付出的劳动来收费的。

可以看出他心里对自己工作性质的界定：他一定很不习惯艺术家的那种特殊与清高，而始终是谦卑本分的。这使他从未离开过“艺”和“术”的本质。艺术就是艺术，没有那么玄奥，是简单快乐的事情。

与上述有关的另一方面，是齐白石艺术的“波普”性。波普艺术（Pop Art）是西方现代艺术的词汇，于二十世纪中期出现于英国，随后鼎盛于美国。把齐白石的艺术与“波普”相提并论会有些别扭，但即使将齐白石艺术中“人民性”“喜闻乐见”“雅俗共赏”等概念全用上，还是不足以说明其艺术与普通人关系的特别之处。

齐白石可以说是世界上作品被复制量最大的艺术家之一。在二十世纪六七十年代，白石的虾、小鸡、牡丹这类绘画，通过一种特殊的生产工艺，被大量复制在暖水瓶、

---

1 洋红是一种从胭脂虫中提取的、昂贵的绘画颜料。齐白石用“姜思序堂”所制胭脂，比一般颜料价格高出十五倍左右。

齐白石题字，1950

茶杯、脸盆、床单、沙发靠垫这些几乎每个家庭都需要的日常用品上。七十年代我在太行山画画时，曾顺道去河北一家印染厂参观过。一个花布设计人员（确切说应该是“设计工人”），一天要拿出几种图样。他们把齐白石的花果形象做成方便的镂空版型，配印在花布的图案中。齐白石的造型成为典型的“花样元素”，就像早年齐白石描摹的那些“麒麟送子”“状元及第”等图样用于木工雕花中一样。在西方有一个词叫“commodification”（商品化），即一种将经典艺术市场化、产品化的工作或生意。如美国涂鸦艺术家凯斯·哈林[1]的作品形象，由以他命名的公司代理复制在各种产品上，而我们齐白石的艺术是被全中国的日用品生产领域“commodified”的。

齐白石的意义和价值被中国版的“商品化”做了最大化的发挥：在中国“社会运动”“集体意志”的那些年代里，在中国人民“大干快上”的建设中，在群情激昂的批斗会后，当我们需要洗把脸时，生动的虾群仍然在盆水中游动；在动乱的大背景下，工宣队代表送给新郎新娘的暖瓶上，仍然是齐白石的牡丹花、和平鸽。白石老人通过他眼睛的选取，用他的艺术为蹉跎年代的中国人保留了一份美好的、情趣的生活。在中国人内心的情感中，到什么时候这些都

1 凯斯·哈林（Keith Haring），美国街头绘画艺术家和社会运动者。他的涂鸦已经成为流行文化中的一部分，在日常生活中几乎随处可见。

是不可缺少的。

最近收到湖南美术出版社的《齐白石全集》，爱不释手。从资料中得知，我儿时看过的第一个美术展览，是1963年世界和平理事会推举齐白石为“世界十大文化名人”之际，在中国美术馆举办的盛大的纪念展览会，那时我上小学二年级。

此文结尾，我还是要引用白石老人以下这段已经被研究者反复引用过的话：

> 正因为爱我的家乡，爱我的祖国美丽富饶的山河土地，爱大地上的一切活生生的生命，因而花费了我的毕生精力，把一个普通中国人的感情画在画里，写在诗里。直到近几年，我才体会到，原来我所追求的就是和平。

多么朴实又崇高的世界观，这是中国人生活的态度和方法——对人类的善意，对自然的尊重，对所有生命的爱。面对世界今天的局面以至未来，这段出自一位中国老人的话，将会被更多的人不断地引用。

2010年10月

懂得古元

月中，在日本忙完展事回京，才知古元先生两个月前已辞世。人固有一死，作为一件事，友人说得平静，但对我却是件大事。因为在我看来，古元是少有的了不起的艺术家，而且我与他似乎有一种特别的关系。这不是指某些具体的事件和艺术对我的影响，确切地说，古元和他的艺术在我思维的网络中是一个坐标，就像棋谱上的几个重要的“点”。在我前前后后寻找的几个大的阶段中，在我需要“辨别”时，总会遇到它，作为一个问题和参照，我必须面对它而不能绕过去。

还在小学时，我写过一篇作文，题目就叫《我爱古元的画》。因为当时的作文选中有一篇范文叫《我爱林风眠的画》，所以我就模仿了一篇。模仿是最省事的，我可以把古元的《京郊大道》《玉带桥》与春游的感受联系起来。当时古元的画吸引我的是那些大圆刀，我觉得一刀一刀刻得很利索。这，是艺术。

我家在北大，“文革”中我们这个园子里“黑五类”特别多，我也成了“狗崽子”。但也因祸得福。一些先生为了少惹麻烦，清理旧物，知道我爱画画，便把收藏多年的艺术书籍转给我。其中有德国、俄国的画册和解放区大众美术工厂的出版物，以及鲁迅编选的《木刻纪程》等。我开始看到了古元早期的木刻，只觉得比后来的显得粗糙些，但刻得老老实实的，和画中的人一样。

又过了很多年，我去插队了，在北方的一个山村里，那地方很穷，但人很淳朴。也许因为没有什么大不了的事情，人的举止动作都很慢、很简单，穿戴、说话、办事都没多大变化。因为就这么几户人，谁家怎么回事，说不说从根上都知道，所以也就一是一、二是二的。当然也有村干部，但都是被“乡里乡亲”化了的。那时带在我身边的一点宝贝中，就有那几本画册和我自己剪贴的古元的木刻与其他的一些版画。当时我觉得我所在的这个村子的一切真像古元木刻的感觉。这一点我印象很深。

1977 年我从农村来到美院，开始学习艺术。杨先让[1]等几位先生讲得最多的就是古元了。当时的最高追求就是

1　杨先让，中国当代画家、版画家，曾创建并主持中央美术学院民间美术系。

古元《京郊大道》，1954

表现好生活气息和人物的味道，特别提倡古元式的味道。我们是工农兵大学生，文化上有缺陷，但也有长处。比如说，我可以在很多方面切切实实地理解古元的艺术，因为我在古元木刻的环境中生活过。我开始学习古元，试着把那些记忆中打动过我的细碎的情境，用木刻的语言表达出来。古元先生也肯定我的艺术追求。但我后来发现，我寻求的一种东西似乎总也抓不到。这小到村口的一个土坡的感觉。我可以从古元的木刻中找到这个土坡，但当我试着刻画它时，一经转印出来，却已经不是那个土坡了。这时我已经开始感觉到古元的不得了，属于他的那一部分是不可企及的。也许有些先生的木刻是可以学的，因为它是

“知识的”，但古元的木刻是没法学的，因为它不是“技法的”，是“感觉的”。这是我刻了几百张木刻之后才体会到的。看他木刻中不过两寸大小的人物，就像读鲁迅精辟的文字，得到的是一种真正的关于中国人的信息，让我们懂得，我们这“种”人根本上是怎么回事。我认为在这一点上没有哪个画家能和古元比。

中国古代文士不善画人，即使画人也多是山水意境之点缀。后来学了西法，又太会画人，太会把人物安排在自己的技术中。如果说古元给我们的是生活中的中国人，那其他许多人的作品给我们的则是话剧中的中国人。我曾经和古元的农民一起生活过，但我绝不敢生活在其他人所表现的农民中。总之，都是农民，却不一样。

后来我留校了，因为我“学”得好。1982 年前后，我有一些机会可以出国学习。但这种大的变动无疑会影响到我的艺术创作，我拿不准，当然要征求古元先生的意见。他说:“你的路子适合在国内发展。”这话对我而言像是得到了一次艺术上的认可，从而满怀信心地继续着我要去做的事情。任何事只要你一个劲儿地钻下去，都能悟到一些或升华成另一种东西，我很庆幸在那个节骨眼上，这个建议导致的后来的结果。

事情过去了才会清楚。我当时迷古元的艺术，其实并不懂得古元，或者说只懂得一部分的古元。也许是因为太爱一个东西，你看到了就足够了，不必再去问里面是什么。

徐冰收藏古元作品《收获》，1961

徐冰《碎玉集》，1979—1985

和许多同行一样，我只看到古元那一代艺术家从生活到艺术的方法和朴实风格，以坚持“深入生活”这类方式，弥补达到古元境地之不足。而在愿望上对这种方式及风格模仿和继承的不走样，反倒使这种经验变异、退化为一种采事忘意的标本捕捉和风俗考查，以对区域的、新旧的模拟作为把握生活最可靠的依据，似乎谁找到了北方鞋与南方鞋的不同，谁就发现了生活。这种对局部现象和趣味的满足，使创作停留在表层的、琐碎的、文人式的狭窄樊篱中，反倒失去了对时代生活本质和总体精神的把握，与社会现实及人们的所思所想离得远了。又由于对这一经验的信赖，而只顾忙于形式效仿：一方面，效仿成为习惯，以此道对付一切认为好的东西，包括西方的或身边的；另一方面，不对这一经验做规律及方法论的探讨，将其深入到文化学、社会学层次的研究，因而不能将其精髓有效地运用于新阶段的创作和对待再次出现的艺术变革现象。这种情况同样也出现在曾参与过这批优秀创作的部分艺术家本人身上，这确实也是一种局限。

在美院读书时，通过李树生先生讲授的“革命美术”这门艺术史课，我们了解了古元艺术的背景。但当时除了应付一门课外，觉得与自己的画并没多大关系。在美院有先生讲艺术史论，有先生讲艺术技巧，但我总觉得中间还缺少一个环节，大部分学生毕业了也不能把两者联系在一起。我不懂古元是因为我不懂这个关系，不懂这个关系也就不懂艺术是怎么回事。把古元的艺术放在这个关系中才能找到更多的信息。

古元那个时代之前的中国艺术之陈腐固化不用说了。西学东渐、社会动荡，到二十世纪三十年代艺术界更显出纷争的局面（和现在差不多）。“借西开中”的一支，讨论焦点大体限于借西方古典还是西方现代之争；“汲古润今”的一支，部分继续“海派”变法，部分做点西法中用的暧昧实验。这两支的共同弊病在于学术与社会脱节，陷于东、西、新、旧之法所占比重多少之争。岭南画家多有投身社会革命，虽然作品时有某些新物点缀或政治暗示，但其政治与艺术身份基本是分离的，画画时即是雅士，出现了少有的政治上激进、艺术上温和的分离现象。发生在国统区的木刻运动，以为大众、为人生的艺术主张，显示出特别的参与力量。这一支由于艺术目的的直接和紧迫，方式上“直刀向木，顷刻能办”，基本直接挪移外国木刻技法为时下的革命所用，还来不及真正顾及艺术自身的语言问题。丁聪等文人对社会时弊做了犀利批判，基本属于用通俗手法表示其政治态度的个别现象。在众多的尝试与努力中，以古元为代表的解放区的一代艺术家，却在不为艺术的艺术实践中取得了最为有效的进展。艺术的根本课题不在于艺术样式与样式之关系，也不在于泛指的艺术与社会文化之关系，而在于艺术样式与社会文化之间的关系。艺术的本质进展取决于对这一关系的认识及调整的进展。

解放区的艺术来自社会参与的实践，而不是知识圈内的技法改良。它不是政治实用主义的艺术，对艺术自身问题进行过于细致的改造和建设。它没有旧丝绸的腐朽气，也没有消化不良的西餐痕迹，是一种全新的、代表那个时代最先进的一部分人思想的艺术。由于这思想与人民利益相一致，它又是平易近人的艺术。这并非某些聪明艺术家的个别现象，而是以一种新理论为依据的，一批艺术家在一个时期共同工作的结果。作品也许还不精致，但观念却已极其精确和深刻，它具备了所有成功的艺术变革所必需的条件和性质。我始终都在寻找古元魅力的秘密，原来这魅力不仅在于他独有的智慧和感悟力，还在于他所代表的一代艺术家在中国几千年旧艺术之上的革命意义，不仅是其艺术反映了一场革命运动，重要的是有价值的艺术家及其创作所共有的艺术上的革命精神，实际是一种真正意义上的“前卫”精神。我始终不知道该如何称谓这种精神。把古元与“前卫”放在一起谈人们会不习惯，但说法不同，核心是一个，即：对社会及文化状态的敏感而导致的对旧有艺术在方法论上的改造。

当我明白了这一点时，我才开始懂得古元，才开始懂得去考虑一个艺术家在世界上是干什么的、他的根本责任是什么，才懂得试着去做我们这一代人应该做的事情，并问自己怎么去做的问题：今天我们有像古元他们那时的明确观念和落脚点吗？有他们对社会和艺术的诚恳吗？我没有把握去回答，而仅有的把握是我知道了要去思考它。这时我的艺术才开始有了变化和进步。看上去离一种东西远了，却与它的灵魂更近了。

这篇悼念的文字写到这里倒像一篇思想汇报了。杂七杂八说了这么多，结果可归结为一句话，也就是如何“继承革命前辈的优良传统”。这句话已经被说得很烦了，但事情却还没有做好，有时忠实的、情感的、样式的继承也许是背离精髓的。用旧的师承方式来对待前人的或某个新的成果，这是长期以来的症结所在。历史的循环好让我们把前辈的业绩梳理得更清楚，但历史的深度却在于这循环的似是而非中永远留着一个谜底，测验着人们的弱点和浅薄，以把锐敏与平庸区分出来。

古元先生已经不在了，但我终未成熟的艺术观说不定哪天又会陷入迷雾中，而我思维网络中的那个坐标，在我需要辨别时，一定还会遇到它。

1996 年，于纽约东村

画面的遗憾已减到最小，可以放手了

——关于李宗津先生

回国后由于工作的关系，我参与过不少画展的筹办。现在要为李宗津先生做展览，这对我是有些特别的。这层特别的内容，我曾经在《愚昧作为一种养料》一文中记述过：

> 李先生住北大燕东园厚墙深窗的老楼，他拿出过去的小幅油画写生给我看，那是我第一次感受到真正的油画魅力。李先生觉得我能看进去，又拿出两张大些的画，有一张《北海风情》是我在出版物上看到过的。在他那里的时间，像是一个没有“文革”这回事的、单独的时空段。它与外面热闹的美术创作无关，是秘密的，只有在那种古老教堂的地下室里，牧师与小修士之间才有……

李宗津《北海风情》，1946

李宗津《强夺泸定桥》，1951

这段故事记述了我当时向他学画的情形。为了写现在这篇东西，我搜索和询问了一些人。我感觉，我那时被介绍认识了李先生，却并不真的“认识”他——他的背景，他曾经做过什么，他与中国那段艺术史是怎样的关系……历史总是这样，在平淡的事情和奇异发生的内部，一定隐藏着不被人觉察的内在逻辑，在左右着事情“必然如此”的结局。而社会与个人的记忆具有筛选性，为了讲述的方便，或是由于别人的回忆对自己记忆的修正，甚至梦境的似是而非与夜间碎念的叠加，娱乐与虚拟技术制造的内容，有时都会与现实发生过的相互混淆。所有的“存在”都要由“意识到”来确认，而意识的无边际，也会把真实发生的带出边际之外，这真是没有办法。这些，让真实发生过的事情在改变“版本”的同时又被“认定”。最后剩下的是如同成语一般的、便于文字或语言表述的概念的内容。

我不是那种善于记住具体过程的人，却能对发生过的“一种感觉”经久不忘。

李先生住在北京大学燕东园，北大人惯称“东大地”。东大地属北大最好看的一块住宅区，一座座民国式的老楼，有大片的草地、树墙、紫藤花和高大的柳树或梧桐。据说曾经在这里住的都是名教授：梁漱溟、张东荪、许地山、朱光潜、翦伯赞、埃德加·斯诺[1]这类人物。当时哪里知道这些人的分量，我知道的都是哪家阿姨送孩子去医院了这等琐事。我家不住东大地，但我却有很多的时间在东大地，因为我就读的小学在东大地。还有一个原因是，我家与东大地的杨晦教授家同用一个阿姨。杨伯母对人很好，有时我放学就直接去杨家。杨家就在李先生家边上，但我从不知道，就在那栋小楼里，一直“藏”着一个我仰慕的“专业画家”，我只是没有缘分知道并破门而入。

我成长中好像只对画画有兴趣。北大那边有各种优秀人物，就是没有画家。我那时只要在街上看到背着画夹子的人就激动，更崇拜背着画箱的人。有时会跟在他们后

---

1 埃德加·斯诺（Edgar Snow），美国著名记者，代表作为《红星照耀中国》。

面走一段，期待着他们随时打开画箱就地画起来。我后来也从使用画夹子升为使用画箱，却还是对这种人崇拜难移——我是业余的，人家可能是专业的。

“文革”中，北大大部分人都去了江西鲤鱼洲干校。我母亲和其他系的几位留守老师被调到房管科工作。新同事中有一位西语系的孙凤城教授，她听说我爱画画又没人教，就说：“没问题！我认识一位有名的画家，很有名的，让他给徐冰看画。”那时我已经去插队了，不常回城，我妈特意托人转告我：“下次回来把画带来，给你找了一位老师。”真有点北京喜讯传山寨的感觉。我精选了画作带回城，被孙老师带去见这位很有名的画家。进了东大地，简直就是走在去往杨晦教授家的路上，进了一栋和杨晦家一样的小楼，楼道很暗。我喜欢这种暗，就像进了教堂，是油画里的光线，多有气氛。但在实际生活中，这栋小楼住了四家人，共享卫生间和厨房。

一个与孙老师感觉很像的女人来开门，后来知道是李老师的夫人周珊凤。她们寒暄，我在边上看着。见到李老师，他们又寒暄，问东问西的，我在边上坐着。孙老师说：“我去和那个‘凤’聊聊（孙老师与李先生夫人名字都带‘凤’）。完事后你自己可以回去吗？”我说可以，她就走了。

李先生先给我看画，他说的具体内容现在记不清了，大概是在人物肖像上也要注意透视关系和一些鼓励的话。

李宗津，人民英雄纪念碑浮雕《金田起义》素描稿，1953

再看他的画，能记起的感受就是上面描述的，当时就是觉得好。后来从美院一些老师那里才知道，李宗津很有才，徐悲鸿很看重他，说他是“中国肖像画家第一人”。还说，徐悲鸿第一次看到李先生的画很惊讶，问李是从哪里学回来的。李先生说：“我就是在苏州美专学的。”据说在徐悲鸿的办公室里，唯一挂着的一幅画就是李先生的。徐先生后来把李先生聘到北平艺专，李先生由于参加“反饥饿反内战”运动，被国民党点名要求艺专解聘其教职。在国民党的解密文件中有“请其速为解聘奸匪李宗津、冯德祀、齐振杞、沈士庄等四员”，并有“徐悲鸿以该四员皆其学生，故向李主任宗仁求情，愿以家身担保，使得释放”。李

宗津先生后来在城里待不了了，就去了清华。

1953 年李先生由清华大学被调到中央美院。按吴冠中先生的说法是：“美术学院要调清华的李宗津，我是作为交换条件去替代李宗津的。”从表面看，吴冠中与李宗津艺术探索的方向不同，但在那个时期甚至任何时代，艺术家的命运或受重视的程度，基本是被时代及当时的艺术政策的需要摆布的。

其实，当时我只知道这位老师是专业画家，他是谁、多有名对我都不重要，我只是全神贯注在他的画面上。出了李先生家的门，我松了一口气，又有一种兴奋——我看到了真正的好画，是外面看不到的。

第二次去李先生家，又隔了至少半年，因为我不可能常回京。那天还没踏进他的房间，就被那张《强夺泸定桥》的巨大画作堵在了门外。我愣住了，李先生也在门外打量着这张画。这个情景我记忆深刻。

我在农村画了很多画等着给他看，他看我还是画了一大堆素描头像，就不再继续鼓励了，却拿出一摞速写给我看，说是部队的画家画的，我想应该是董辰生或陈玉先[1]的。我记得他说是他借来临摹的。他一边翻看一边赞赏，说："你应该多画生活速写，捕捉生动的东西，画农民生活，不能光画头像。"现在我才了解这番话的内容：生动场面、多人物，是他艺术的长处。他曾画过大量的平民生活写生，创作了当时有影响的《平民食堂》。新中国成立初期提倡人物画、反映生活，李先生尽情发挥着自己的才能，是第一批用多人物的情节性绘画反映现实生活的美术家。他的艺术风格与他的性格有关。性格决定命运，也决定艺术倾向。葛维墨先生的说法是："他活跃、积极主动、爱热闹。"从而，他在那个热火朝天的年代里受到重视；也正是这种性格，令他不可避免地在后来的艺术与政治的漩涡中遭遇了不公。

那天他讲得很多，兴致勃勃，但我全然不知他生活中的不幸。我离开时，他送我到门前的平台，强调着在屋里

1 董辰生、陈玉先均为军旅画家，"文革"期间以生动的人物速写闻名。

时说过的话，我感觉到他对我的期待。

李先生是5月24日辞世的，6月初开了追悼会。在李先生女儿李之清的回忆文章中，描述了她5月9日回新疆前与父亲告别时的心情：“走到燕东园的门口，我忍不住痛哭起来。门房的大妈安慰我：‘你别太难过，你爸爸会好起来的。’”我印象中东大地的边界也就是燕东园的大门。我特别能理解李之清为什么会在这里控制不住自己的情绪。这个大门只是两个厚重的石柱子，并没有实际的门，可实实在在是一个界线，你跨向界线的那一边是自己走出去的。门房是在高起来的矮墙上，像是审视与被审视的关系。一条向下的坡路，从院内直通外面杂乱的居民区。这个没有门的自由出入的关口，在经过时总给人一种莫名的伤感。

我最后一次去李先生家，敲不开门扫兴而归。当时并不知道发生了什么事情，经过这个大门时，也是一种莫名的失落感。也许是由于我对这次约会期待已久，也许是用心准备而无果，就像精心准备了礼物，却在关键时刻还是没有拿出来，那种事过之后的失落。现在说起来显得有点太严重了，但那时就是这样的感觉。我在读到李之清描述燕东园大门时，真有一种记忆“重叠”之感。这种感觉在心理学中叫“déjà vu”，翻译成“既视感”，表示人生理中的一种现象，即眼前发生的情景，甚至细节，与曾经经历的某一时刻完完全全是一样的。我与李之清失落的理由不同，但对情景的还原是共享一张底片的。现在看，这种失落感来自对不祥的预感。

关于李先生的辞世，在写这篇文字时，才知道他是有一份遗嘱的。侯一民先生[1]的回忆与我当时从北大赵宝煦先生那里了解的情况大致相同：大意是“四人帮”倒台了，他看到大家热火朝天地又开始工作，但自己却不能工作了，这对他来说是不能忍受的，与其这样痛苦，不如结束生命。

历史是实实在在发生着，但对曾身在其中的个体而言却是谜团。时间越远，个体与社会整体变动的端倪显露，人们才慢慢看清自己当时在哪儿，但生理部分的记忆却变得越加模糊，以至于实在是找不到更多辨识的依据，有时只能是在一个被指认的、相对的关系依托之中辨别。人们在填充着历史内容的同时又被后面的各种利益目的驱使，任何形式的回顾与纪念，新史料的补充，在为历史的清晰添加“清洁剂”的同时，又难免将历史带入新一层的谜团之中。

敲不开的门与那幅开门即堵在眼前的大画，长时间来一直给我不断的想象。创作这幅画是 1951 年，正是李先生最有精力和最辉煌的时期，但生命的河流却把生命之舟不可控地推往另一方向。人的生命轨迹过了就过了，是没有

1　侯一民，中国当代油画家，曾任中央美术学院副院长。

“重新再来”的机会的。对钟爱的事业，即使发生了不可挽回的损失，也还是要把已经有的弄得更完美，好让自己觉得遗憾少些——这块颜色提亮一点，那个手势抬高一些，只要自己的身体还能动作，就能控制。哪怕付出别人无法想象的气力，哪怕只是比过去好了一点点，也是要去做的。这是我从李宗津先生这张大画上看到的事。

我没有考证这张大画改好后，离开他的小屋被挂回到高大辉煌的中国革命历史博物馆的大厅墙上，是在李先生辞世之前还是之后……在那间小屋里，那张大画的下面是一张单人床，我想那张床应该是和我家里的一样，带着“北大公物”标签的。

这里，我想借助下面这段文字，回顾一下那个画面：

> 在紫红色画面上，突出了泸定桥上滚滚浓烟的险恶环境，红军战士们拿着短枪，背着马刀，带着手榴弹，冒着敌人密集的枪弹，在已被敌人抽掉桥板的铁索桥上攀着铁链勇夺胜利。（摘自《宁夏集邮论坛》。这幅画在 1953 年就被制作成了邮票。）

李先生躺在这战火纷飞的、激烈的战斗场景的下面，一次次地醒来试图对“画面”有所改动。在完成一天应该做的工作之后，又躺下。直到有一天他感到，我理想的画面可以永远被定格在这个完美的关系之中了，不需要再起身去改变什么了。画面的遗憾已减到最小，可以放手了……他留下仅有的只能从床上翻到地上的力气，借助这张床的力量离开了这个现实的世界。

2011 年 7 月

东方纸的美意

纸是谁发明的，就像人是从哪来的一样，一直有争论，这争论是由于对纸的定义有分歧。纸被人类所造，但其千姿百态却让创造它的人类不知道怎么界定它。从小老师就说，纸是汉代蔡伦发明的，但我们长大了，考古又发现了比蔡伦更早的纸品。但我觉得蔡伦还是了不起，因为他最早使用麻这类取之不尽的自然原料造纸，从此纸得以广为天下所用。

古有“千年丝绸万年纸”的说法。中国人对纸有一种敬重与信赖，这缘于这个民族对自然的敬重和对文字的信赖。从中国人开始用自然原料造纸起，纸即为天之恩赐，因为中国人天性中有对“天意”的敬畏。纸是自然凝结之物，每一个细处都是天成的。是天人合一的自然观，让中国人最早找到了“纸”；中国人与纸为伴的过程，又强化了民族的文化性格。

中国书法之美，于书、纸并茂之境。笔带着水与墨在纸质的缝隙中游走，在水分被蒸发之瞬间，墨的轨迹被定格于纸间，自然天成，变化万千，是艺人一生与纸莫逆的结果。人之境界仰赖造化的承载与传达。在中国，优秀的艺术家最懂得给纸留出余地，借自然之质量助人境界之提升。

在这个民族，纸是作为文化承载之象征物受到尊重的。中国有“纸抄纸”的说法，讲的是中国绘画通过对前人作品的临摹被传承，是由纸承载的。纸与文几乎是一件事情。在中国有“惜字纸”的传统，即带字的纸头是不能秽用的，要收集起来，拿到文昌阁专用的字纸炉去“火化”，纸灰则置入坛内，最后投入河中。在中国传统习俗中，祭拜仪式总是焚化用纸做成的冥钱、纸马等，来告慰在天之灵。纸是人间与灵异世界沟通之物。

纸比起其他材料，属阴。中国文化的性格与纸的性格，尤其是东方纸的性格有许多重叠之处。我的创作自然也与纸发生许多关系，这关系我体会最深的即是一种纠结。

这里讲几件事。我印制作品《天书》时，拿着刻好的版子来到北京郊区的一家古籍印制厂，一切顺利，但开印被延误了一个星期，这不为别的，只为纸张的选择问题。我与印书老艺人锁定了三种纸。他首选“玉扣纸”，是用精细麦草原料所制，摸起来绵密如丝，看起来是淡淡的秋黄

北京大兴寒营乡古籍印刷厂的老师傅制作《天书》，1987

色。此纸又称“官边”或“花笺”。古有“纸之精致华美者称花笺”之说。这批纸是厂里几十年前剩下的。中国纸像酒，越放越醇厚，纸可以放成比金子贵。第二种选择是“藏经纸”。当时这小厂正在印《大藏经》，是国家项目，为此仿制了一批藏经纸：原料为麻、楮皮、桑皮，肌理有帘纹，色如白玉，摸起来像摸在绫子上。“藏经纸”这三个字就够吸引我了，我的书用和《大藏经》同样的纸，自己都觉得了不起。第三种选择是我找来的一种古色古香的元书纸，是以竹绵为原料的。这种纸的原料不贵，但它的古旧

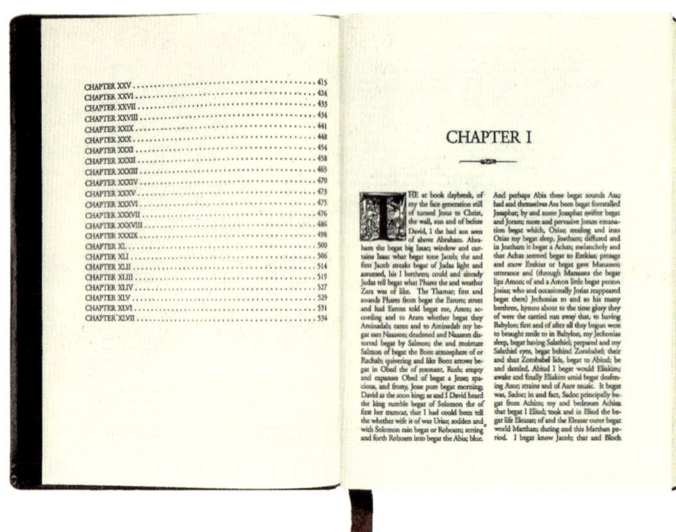

《后约全书》，1992—1993

感是我要的。思前想后，哪种都舍不得——选择是最累人的事，索性一百二十套书用了三种纸，各三分之一。这三种自然纸色的微妙变化，让这些书在装置中的感觉好极了。

1992 年我做《后约全书》，需要用一种有欧洲古典感觉的纸，重要的是没有添加剂。这要是量少并不难，但量大就需要钱了。如果在纽约或日本按单张购买，算下来就是天文数字了。我回到中国去碰碰运气，最后在新华印刷厂找到了理想的纸。这种纸叫“政文纸”，政治的“政”，文件的“文”，是“文革”前政府为印英文版《毛泽东选集》专制的一批纸。多年后，友人林似竹（Britta Erickson）女士送我一套旧版英文《毛选》，我把《后约全书》拿出来对照，确是完全相同的一批纸。

在中国，对纸性最了解的当属裱工。装裱纸品记载最早为公元四五世纪。中国有句老话叫“三分画七分裱”，可见裱的作用。裱画在发展成用绢或绫装裱之前主要用纸，也可以说是纸色之美占了七分。作品《鬼打墙》的那些大轴，是我自己在美国威斯康星州麦迪逊的一个大仓库里，干了大半年裱出来的。那是与纸较劲的大半年。从长城上带回的拓片，用的是“高丽纸”（在中国民间代替玻璃的糊窗纸）。裱褙纸是从安徽泾县订购的宣纸。宣纸以泾县“宣城”而得名。宣纸以檀皮为主料，精细、柔软，是中国画主要用纸。裱画能驾驭纸性是专门的技术。裱画时要把纸彻底打湿，看起来像是把作品毁掉一样。再结实的纸打湿后，嫩得就像蛋糕，操作起来就很难。但在干燥的过程中，纸的抻力又很大，抻性强的纸可以拉动百斤的重力。干湿间尺寸的伸缩，没有多年的经验是无法把握的。裱画时空气的温湿度差一点也不行，这时的纸比病人还娇气。我那年从夏天干到入冬，裱到后来，不知为什么，裱好的大轴，干后总是要绷出裂缝来。我调整湿度和糨糊的黏度都不行。我把大轴绷在地上，四边压上重物，但第二天一看，不是重物被移动，就是纸被撕裂开，见鬼了！有一回我索性决定不睡觉，看着它从湿到干，到底是怎么回事。整晚上都平安无事，只是在纸干透的最后时刻，力大无比，发出巨响。如果空气干，这力就更强：收缩的力不均匀，纸必遭撕裂。原来，是我着急，忙活得没有意识到大仓库这几天开始供暖了。温湿变化了，纸就不听话了。只怪我太麻木，纸的身体可比我的身体敏感多了。

写到这儿，我怎么觉得纸的性格与人的性格很像，与有性格的美人更像。它们体洁性贞，脆弱单薄，朴素平易又平整大方。它们风情万种，让人难于选择。它们诚守真实，装点他人。但使用它们时需要细心留意、急缓有度，否则它们也会显露锋机，把你的手割出血来。“纸性”也有脾气，如果较起劲来，那还真是件麻烦的事。

古人给纸起过不少的名字：“彩霞”“竹膜”“还魂”“万年红”“锅底棉”“金素笺”“十色笺”，还有“桃红洒金”……多有意味，多美呀。

2012 年 2 月

点石成金的特权

从1994年起试写这种不中不西的中文式的“英文”，或英文式的“中文”以来，工作室堆了不少字头片纸。这有几个原因：一、自小起，纸在我看来是最珍贵的东西，那些写过的纸头，只要还有部分空白，总是不舍得丢掉，这是一种习惯。二、开始写这种没人写过的字，从心理到生理都是极其别扭的事情。原有的对西文字母的概念与汉字笔画的冲突，固有认知的引导与手移动的方向较着劲，这在每一个笔画的运行中都表露出来。书法是一个人的心电图，诚实地记录下此人的“心理问题”。开始几年，这种字写得无法遮掩的幼稚和难看，必须试写多次后才敢正式提笔，自然废纸即多。三、中国书法的妙处和深度，就在于完全的不可预计，一笔决定下一笔的走向，笔笔相生。

一幅字中，偶得千载难逢的“妙笔”，为了留住它，紧接着多半就是败笔，这是常有的事，特别是在受托嘱的题字中。越想保住已有的，就越是写出拘束的烂字来，把前面的成果浪费掉。一张纸上，哪怕有几处是自认为的“好字”，就舍不得丢掉。四、还有一个原因必须承认，由于英文水平有限，书写时错拼、漏字难免。有时大段地漏句，未能察觉，还在兴致勃勃地往下写，这种时刻非常的尴尬，惋惜未及，丢也不是，留又无用。只能把空白处的纸头裁下来，留作试笔之用，其余堆在一旁。有时取来试笔，又被其中一两处笔画感动，而不舍得胡涂乱抹掉，只好又继续堆在那里。它们被搬来搬去，之后还是被搬来搬去。没法子才想出了这本册页的法子（我计划将这些废字裱成一册，作为一件作品）。

今天的现代艺术，就是这么又特权又无聊，什么东西都可以称为作品，并把它阐释得价值连城。

如果硬是要阐释这件东西，就可以有很多的理由和说法：

从小临帖，对每本帖我都有过同样的疑问——帖都读不成文章，七零八碎，断断续续的，却没人管，只是就字论字，所以才叫“字”帖。在这里，字看上去的好坏是至高无上的，它的尊严绝不容“世俗”的内容取代和玷污。

王铎的大条幅，气贯山河，一泻千里（它好到只能用这种被用俗了的四字成语来形容），可内容却是某某帖来一句，某某文抄一段，完全连不成章的一篇文字。他的落款又是正经八百地称之为“临”某某帖，但与原帖毫无风格或内容上完整的联系。书法这件事到了一定火候，别说内容是不值一提的——兴致使然，谁都拦不住，为写下去，保证此刻的行笔，房子着了火也可以视而不见。

这里收集的只字片纸，虽然书写时常有“房子着了火也可以视而不见”的千载难逢的时刻，但写出的字却没有应该的那么好。把它们收集起来，只是一本留给自己看的“思维斗争史”，它记录了习惯思维被强行改道的轨迹，和手的移动终于“适应了”的过程。

从实用主义的价值来判断，这本帖解决了留之无用、弃之可惜的“鸡肋”的麻烦；实现了物尽其用的环保和节约的精神；充分利用了现代艺术点石成金的特权——将一堆废纸“点”成一件作品。说它有价值，它就有了价值，说它不再是废物，它就不再是废物。

我计划，当我的生活和心境好了的时候，我会专门写一本字帖出来，为学习者所用。但眼下这本东西不能作为帖来使用，会误人子弟的。也不能作为商业之用，本是废纸所成，不要糊弄了有钱人，也不要辜负了“英文方块字书法”爱好者们的美好愿望。它最多只作为个人阶段性心得之痕迹。

2007 年 12 月 5 日

《石系列-1》，1987

《石系列-2》，1987

给年轻艺术家的信

Dear Nancy,

没有及时回复你的信，一是因为忙，二是因为你信中那些既实在又具体的问题，并不是三言两语就可以谈清楚的。每一个从事艺术的人的条件和状况都是一个个案。另外，即使那些已经成功的艺术家，要让他们说出为什么别人没有成功而他却得天独厚，也是很难的事情。

从你的信中可以看出，你是一个对自己的未来、对艺术负责任并且有勇气的人。这一点不是每个人都具备的，这是成为优秀艺术家的首要条件，你应该看到这一点。

我一直认为，要做一个艺术家，首先要做的事是把艺术的道理、艺术是怎么回事搞清楚。具体说就是：身为一个艺术家，在这个世界上是干什么的，他与社会、文化之间的关系是什么。更具体地说就是：你与社会构成一种怎样的交换关系。你要想成为一个以艺术为生的人，就必须搞清楚你可以交给社会什么，社会才能回报予你。

我有时想，我有房子住，有工作室用，有饭吃，是用什么换来的呢？美术馆、收藏家愿意用高价买我的作品，他们买走的是什么呢？作品本身只是一堆材料，值那么多钱吗？是由于精工细作的技术吗？在制作上比我讲究的艺术家有很多。其实，艺术最有价值的部分，在于那些有才能的艺术家对其所处时代的敏感，对当下文化及环境高出常人的认识，而且，对旧有的艺术从方法论上进行改造，并用“艺术的方式”提示出来。这是人类需要的，所以才构成了可出售的价值，才能形成交换链。所以说，好的艺术家是思想型的人，又是善于将思想转化为艺术语言的人。

从你的信上看，你的目标很远大。你并不想成为一个能很快见到商业效果的艺术家。这是值得肯定的。当然任何“价值”都要转化为商品，最终都是要卖出去的。在街上画像的艺术家十分钟卖一张；礼品店中的艺术家一天卖一张；商业画廊的艺术家一个月卖一张。有些人是随画随卖，有些人则是一辈子卖一个想法，全在于你喜欢哪一类。上面谈的道理有些“大”，不解决你眼下的问题。下面谈一些实际的体会，也许对你能有帮助。

每一个学艺术的人都想成为大艺术家，但每个人的条件各有不同，这包括智商、艺术感觉、经济条件和成长背景等。谁都有自己的长处和局限，会工作的人懂得如何面对个人的局限并把它转化成对自己有用的东西。把局限使用好就会变为长处。就我个人的经历来说，我在中国接受的是很保守的艺术教育，三十五岁时才来到美国参与西方当代艺术的创作。而你和大部分美国年轻艺术家很早就接受了开放的当代艺术的教育和影响，在语言和文化的适应性上，都更便于参与到纽约的当代艺术中去。比起你们我应该说是先天不足的，但我却从这个“不足”中挖掘出了可利用的、别人没有的东西。由于社会主义艺术教育的背景，我就有可能从独特的角度去看当代艺术。又由于新的文化环境和语言的障碍，我对语言、文字、误读这类事情就更敏感，我的艺术也就表现出别人没有的特点。

我的观点是：你生活在哪儿，就面对哪儿的问题，有问题就有艺术。你的处境和你的问题其实就是你艺术创作的源泉。大部分来纽约发展的年轻艺术家都急于进入这个主流系统，但大部分人和你一样，都需要花时间去做别的工作，以维持在纽约的生活开销，这看上去是耽误了你创作的时间，但其实不必过多地担心这一点。一方面，只要你是一个真诚的艺术家，任何东西都将成为财富，你在艺术圈之外的领域所从事的工作和生活，早晚会被用到你的艺术创作中去。另一方面，今天的艺术家重要的不是一头扎到这个系统中去，而是要找到一个与这个系统合适的位置与关系。你信上说：希望这个系统接纳你，但你要知道，接纳你的理由是你必须为这个系统带来一些新的、系统里没有的东西。而新的东西在这个系统本身是找不到的，必然是从其他领域或两者之间的地带才有可能获得。今天的艺术表面上变得丰富多彩，但在方法论上却越走越窄。太多的艺术家都会做一种“标准的现代艺术”，真的不需要更多的这类艺术家进来了。

你只管去工作吧，不要担心自己的才能不被发现。其实在今天，由于信息的方便，基本上不存在像凡·高那个时代的悲剧了。美术馆和策展人与艺术家一样，急的是没有更有意思的作品出现。你只要能拿出好东西，美术馆、策展人就会来把你的作品抢走，拿去展览。祝你成功！

徐冰

2012 年 2 月 5 日

关于现代艺术及教育的一封信[1]

永良先生，你好！

收到你的E-mail。你信中涉及的，都是很具体又要命的问题，说“要命”是因为如果顺着你的问题想进去，就会发现，你的问题都是相当难回答，但又是一些必须回答的问题。平时在工作室忙于具体的“艺术”，在没有人给你考试般的问卷时，就没有机会像准备考试那样，去把每一

1 这封关于艺术和艺术教育的长信写于我回国担任中央美术学院副院长之前。当时的判断可以说点到了部分要害。之后七年的艺术教育实践，像是对之前观点的测试，也为这个“框架”填充了不少鲜活的、质感的、纠结的内容。这些只能待后续了。——作者注

个问题想深入。人有时需要去重新想那些最基本的问题，也就是说，最需要认真对待的问题。忙于具体事务的人，有时会忘了做事情的原初目的，艺术家也是这样。

你信中首先希望讨论的是：对二十世纪八十年代以来中国美术进程的看法。

二十世纪八十年代以来这二十多年，是中国社会变革最剧烈的时期，社会本身就是一个大的实验场，艺术自然成为这个实验场的一部分。从历史上看，这种时期不仅需要新艺术，而且也是新艺术滋生的良好土壤。比较过去，这期间最突出的现象是：新潮美术的出现和艺术市场的形成。

中国新潮美术是四段式的："文革"结束至二十世纪八十年代初是第一阶段。第一代实验艺术家不少是思想解放运动的参与者，这期间的实验艺术是这个运动的一部分，有社会学方面的价值。社会深层意识和人们的内心愿望左右着这部分艺术家的创作倾向，并通过部分艺术作品被记录下来。这期间的实验艺术与社会是一种合适的关系。1980 年到 1989 年是第二阶段。艺术家对精神层面的终极追问，是这时期新潮美术的真实目的。艺术形式的实验和改变，是被思维进展的需求带出来的。比如，当时有对西方文化的渴望，就有艺术的西方化倾向。1989 年至 1993 年这段时间基本是空白状态。1993 年后新潮美术又活跃起来，到 2000 年是第三阶段，基本是"为西方策展人的阶段”。2000年后，是第四阶段，随着中国变革的多姿多彩、国家对新文化提倡的姿态，特别是艺术界与西方系统的直接接触、神秘感的破除，令新潮美术转向从中国的现实获取资源，寻找中国性。但这种“中国性”很快被市场所利用。这几个阶段，反映了中国美术界对西方现代艺术理解与深化的过程。这个过程是从早期的“西化程度百分比”层面的争论开始的。随着信息的增加、对西方现代理论的了解，特别是往来的方便提供了直接接触和共同工作的机会，对西方文化有兴趣的艺术家在终于了解西方现代艺术是怎么回事的同时，也看到了它的弊病。最有价值的是：对西方了解的结果是帮助我们认识东方。我总说，我们对西方的了解，远比他们对我们的了解多得多。中国艺术界对自己文化价值的认识，由于多了一个完全不同又同样强大的参照系统，因而获益。越是接触西方，越是珍惜自己的文化。有意识地、主动地试用中国的经验审视现代艺术的问题，能有比西方艺术界更为特殊和犀利的角度。比如我们对西方当代艺术，特别是它与大众关系问题的敏感，一定是我们根深蒂固的艺术教育背景，“艺术为人民”的理念在起作用。中国经验具有极丰富的层面：不仅是古代传统，还有社会主义的传统，“文革”的经验教训，所有的营养都不应该浪费。这些营养，再加上外来营养，经过混杂，才有可能产生第三种成分：那才是稀有的成分，是对未来文化建设有用的成分。

近年来，由于中国的崛起，而艺术又是意识形态敏感的部分，自然引起国际对中国当代艺术的兴趣。带有较强中国现实意识（不管是表面还是内在）的作品越来越多地受到关注。艺术家积极地从身边丰富的社会现实中寻找艺术的灵感，开始了自主的、不理会西方现代艺术框架的艺术实践过程。这是一个有希望的方向，但它毕竟是一个新的课题，目前能看到的是这种努力的愿望，但在艺术语言的贡献上，还看不到特别有价值的建树。

如果具体谈新时期以来新潮美术的意义，要我看有两点：一是，它起到了中国艺术与国际接触之前的准备与演习的作用，这是中国艺术未来视野的一个必需的步骤和过程。事实上，此前，中国艺术从未有过与国际当代艺术真正接触的经验。二是，在中国开始了一种新的艺术创作与生活的关系。（我在《懂得古元》一文中分析过：新潮出现之前的中国美术，由于对毛泽东文艺思想极端化的理解和执行，对老一代美术家"深入生活"的成果，仅停留在形式上的效仿，反倒使这种经验退化为采事忘意的标本捕捉和风俗考察，以边远地区的生活气息作为把握时代生活最可靠的依据。似乎谁找到了北方与南方老农的不同，谁就发现了生活。这种对局部现象和趣味的满足，使创作停留在表层的、琐碎的、文人式的狭窄圈篱中，失去了对时代生活本质和总体精神的把握。艺术家和艺术学生不去感受身边真实的社会变革现实，却沉浸在一种"社会主义的田园艺术”中。）新潮美术家在强调个性的同时，也试图直面自己身边的现实和时代敏感地带，探寻艺术与生活更真实的关系，这是我认为最有意义的部分。

谈到中国新潮美术的局限性，有些是与生俱来的，原因是它与世界其他地区的情形一样，都是在西方现代艺术的大框架下发生的，是以别人的话语为标准的。结果是，中国新潮美术与自己的文化及艺术方法，在上下文中是脱节的，也导致了它与中国社会及大众的脱节。这种现象特别表现在1993至2000年之间第二次兴起的新潮时期。到了二十世纪末，新潮美术越发成为小圈子和迎合西方策展人的活动。当然造成此现象的另一个原因是，当时新潮美术在国内没有展示的空间和机会。

中国新潮美术的另一个危险是：过早地被国际艺术界给宠坏了。这个危险是由“过于容易”造成的。历史上不管在哪儿、在什么时候，都没有艺术家像今天的中国新潮美术家这样快地受到国际关注和获得商业的成功。许多本来有希望的艺术家在他们还没有走到应该到达的地方时，就夭折了——是被捧杀的。许多中国艺术家没有意识到，他们在西方的走红，最重要的是因为中国在世界上的崛起这个大背景，因背靠强大的国家意识而蹿红，并非由于自己的作品本身对艺术的贡献，如果没有这种反思能力，是最危险的。中国新潮美术刚刚从西方策展人的意志中逃脱出来，很快又陷入市场的迷魂阵中，考验着艺术家的辨别力与底线。有希望的艺术家，是懂得找到与艺术系统以及市场的合适位置的人。

你曾经问我怎样看国内实验艺术与体制内艺术状态的关系：可以说两者之间目前还没有找到一种合适的互促关系，甚至是对立的。形成这种关系的主要原因是：两方面都把形式分寸、风格流派作为对待艺术的首要问题。实验艺术圈以前卫的姿态出现，但是由于与体制内艺术家都是在同样的艺术环境中成长的，其实，在艺术观上与体制内的方式大同小异。这表现在对实验艺术之外的排斥和不宽容的态度上。真正的实验精神和开放态度是没有任何既定的流派概念限定的，任何限定都是不“前卫”的。实验的深入和有效性，是取决于新的艺术语言与当代生活发生关系的程度，而不是与其他流派拉开距离的多少。

至于体制内的艺术状态问题，基本上是以改良的态度对待现有的体制系统。长期以来，精力被消耗在“造型变化程度多少”的争论上，甚至把“笔触粗细的划分”作为现代不现代的界定，不能进入到方法论改造的层面上。在形式程度“量”上的计较，是永远会有分歧而找不到共同点的。

你信中的第二个大问题是：对以美国为代表的西方现代艺术的看法。

我个人的看法是：西方现代艺术是一种“文化革命”，

较之其他艺术门类，它是一个年轻的领域（这个领域有太多的空白和还没有被开发的空间）。它虽然还不成熟，但已经弊病在身。首先现代艺术是在杜尚设定的一盘尴尬的棋局中展开的。其发展是在西方艺术史写作方法的疲惫中进行的，同时，它又是由一部分有钱人左右的。杜尚把艺术和生活拉平了，他的革命是了不起的。但同时他又给艺术家留下一个特殊的地位：因为我是艺术家，我所有的平庸行为或惊世骇俗的举动，都是深刻无比和价值连城的。由于这个特殊地位，使有些艺术家（特别是自称搞现代艺术的艺术家）可以对艺术质量不负责任，用故弄玄虚的把戏取代了艺术创造。这是现代艺术诸多问题的根源之一。

1990年，我带着对现代艺术“怎么就那么难”的疑惑和试一试的想法去了美国。二十世纪的最后十年，美国经济开始萧条，艺术市场进入低潮。一般来讲，这正是实验艺术发展的时机，因为，反正商业艺术也没有市场（这是商业左右艺术起伏的一个很重要的因素）。当时的思潮与动态有以下几种现象：

艺术与当代哲学的主要论题发生紧密的联系，艺术家试图冒充哲学家，用作品解释哲学概念。

由于多元文化的兴起，这期间艺术家的身份成为主题。对艺术家的文化背景和种族背景的重视，甚至超过对作品的重视。那些具有边缘文化背景又生活在欧美主要文化中心地区的多重身份的艺术家，大量入选国际展览。到了二十世纪末的最后几年，走到哪儿差不多都是同样的一批艺术家，在大玩儿自己的“特殊背景”。策展人也乐此不疲，以显示自己的多元态度和国际视野。大量的作品谈论身份、文化差异问题，像我、蔡国强、黄永砯、陈真等中国艺术家在国际上的兴起，与这个思潮有直接关系。

影像艺术的兴起（被认为是一种高科技艺术，但眼下看到的实际科技含量不高），大影像泛滥。屏幕艺术的出现，我认为，其内在原因是对现代艺术、观念艺术的视觉空泛、乏味的补充。可动的影视成为比古典写实还要写实的“绘画”，屏幕替代了人们对写实绘画的留恋。投影作为艺术材料的问题是，艺术家很容易依赖大屏幕的强烈效果，使艺术本身的创造含量变低。这种形式开始被圈内人厌倦。

2000年以来，美国现代艺术圈做了一些新的努力，也暗示了他们的未来趋势：

首先是被称为新绘画的回归，这种新绘画与过去的绘画有所不同，是由于混入了实验艺术的观念和综合材料的方法，以及对社会问题关心的独有态度。绘画本身具有反绘画的特征，这部分作品是有意思的。当然这种回归也与艺术市场的复兴有关。

另外一种现象是，作品的参与性、游戏性成分明显增加。这有几个原因：一是观者和艺术圈都对那种严肃的、故作深沉的现代艺术反感，艺术圈希望找回与观众的亲近关系。这种倾向的另一个原因是，由于新材料——网络和互动感应技术的进步，使后电视时代科技艺术出现了。目前我正在MoMA参加一个题为“自动更新”（Automatic Update）的展览，最直接地反映了这种动向。此展览是由芭芭拉·伦敦（Barbara London）策划的，主题讨论的是“.com大爆发”之后的新艺术现象，也讨论艺术家在“Video艺术”时代之后，对高科技的丰富材料如何做出反应、调整和使用。这个展览探索“新媒体”艺术家是怎样通过荒诞、幽默和互动的手法对高科技进行使用与展示。

另外，策展也表现出新的现象：综合式艺术项目兴起。由于很难找到有意思的作品，策展本身强调创意（也是对作品的一种包装方式）。这些项目多是策展人的一个计划，一般都表现出注重艺术与社会环境关系的实验，更像是一种社会项目，如环保主题、社会调查等。这种倾向反映了艺术家责任与良心的部分，也是对前一阶段现代艺术空洞无物和小圈子化的反省，试图找回艺术与环境及人类生存的天然联系。这种不为艺术的艺术活动，帮助艺术家获得新的艺术方式和语言。

你信中希望讨论的第三个部分是：关于美术教育和对东西方当代美术教育的看法。

这是一个很值得讨论的问题，因为目前东西方艺术教育都存在各自的问题。看上去问题的表现形式很不同，可究其原因是相同的：都是由学院体系认识上的程序化导致的。由于教学的要求，必须是摸得着和可量化的东西，“技法”“形式”容易说清楚，而艺术的核心部分却是难以量化的。所以，学院最容易陷入孤立地研究艺术形式和手法的教条中，把艺术研究局限在量化的形式、材料中，导致从根本上抓不到艺术的核心问题。

我通过每年多场在欧美艺术学院的演讲和与研究生的讨论，以及从各地来纽约发展的毕业生之作品和他们的困惑中，能感知到西方艺术教育的问题。其最大的问题是：偏颇地强调创造性。艺术，创造性思维的培养无疑是重要的，但问题是把创造性思维的获得引入到了一种简单的模式中，而不是对创造性的产生机制从根本上进行探索。实际上，创造性的获得是有规律可循的，但它的发生又是相当“个案”的。对学生偏执地强调创造性，可教给他们对待创造性的态度和渠道却是一样的。结果是学生充满了创造性的愿望，拥挤在只为“创造性”而创造的窄路上。由于思维的方法类似，自然，创造的结果是一样的，反而损坏了学生本来具有的那部分创造能力。

再从西方具体教学方法的弊病上来分析：他们主要的方法是强调对作品解说的能力。比如，学生必须说出所创造的形象的理由、出处，为什么，以及受影响的来源。这里面有一个非常大的悖论：本来视觉艺术最有价值的部分是不能用语言代替的。就是因为有些事情是语言永远不能解说的，所以才有艺术这件事。最有价值的创造，更是难于在解说中找到合适的关系。教授强行把学生的思维嵌入艺术史的模式中，这种方式最有害的是，使学生对作品本身不负责任，而对解说的效果特别看重。受到训练和解决的不是艺术创作本身，而是为艺术辩解的能力，这让艺术学院毕业的学生，都会做一种能自圆其说的、标准的、必然是简单的现代艺术。就像我们的毕业生，都有一手娴熟的绘画技能，却不知道画什么一样。

这种弊病的直接来源是：西方艺术是以艺术史写作的框架和方法为目标的。西方艺术史的基本态度，是记录那些对艺术史有明显的形式改变的艺术家和他们的作品（那些有明显可阐释性的作品）。艺术家以此为目标——却是一个与创造性本身无关的创作动力。另一个客观原因是：在北美，成功的艺术家不需要在学院任教，在学院的艺术家，大部分又是在主流系统中没有过成功经验的人，这怎么能给学生有效的引导（这点与欧洲不同）。

谈到中国当代艺术教育的长处和短处，利弊是交织在一起的。比如说，我们的艺术教育与传统没有明显的断裂，这是长处。留住了传统，但传统与新型社会形态需求的关系，并没有解决。学生的学习有相对较明确的标准和依据，但这套成熟的体系，过多偏重技能的传授。学生毕业时，能够掌握艺术技能，这是必需的，也是我们的长项。但以我个人的经验和我们遍布在世界各地毕业生的表现，我感到最大的问题是：学生直到毕业，也没有把艺术的道理、艺术是怎么回事搞清楚。具体说就是：身为一个艺术家，在世界上是干什么的，他与社会、文化之间的关系是什么。更具体地说则是：他与社会构成一种怎样的交换链的关系。在美术学院有先生讲艺术史论，另外一部分先生教技巧，但我总感觉缺少一个中间的部分——没有人讲两者的关系和其中的道理。一个学生如果弄懂了这个道理，他在什么环境、做什么工作都没问题。我曾写过一封《给年轻艺术家的信》，在纽约很多人喜欢，并被发表出来。我说：

> 我有时想，我有房子住，有工作室用，有饭吃，是用什么换来的呢？美术馆、收藏家愿意用高价买我的作品，他们买走的是什么呢？作品本身只是一堆材料，值那么多钱吗？是由于精工细作的技术吗？在制作上比我讲究的艺术家有很多。其实，艺术最有价值的部分，在于那些有才能的艺术家对其所处时代的敏感，对当下文化及环境高出常人的认识，而且，对旧有的艺术从方法论上进行改造，并用“艺术的方式”提示出来。这是人类需要的，所以才构成了可出售的价值，才能形成交换链。所以说，好的艺术家是思想型的人，又是善于将思想转化为艺术语言的人。

而什么是这类人的基础呢？

一直以来，我们对艺术基础的认识是偏执的，重视绘画基础，而不重视思维能力的基础，不考虑作为需要面对未来的艺术家所应具备的条件，大量的时间用在适合古典绘画的素描训练上。设想，一个人从准备考艺术类附中开始，经过附中、本科、研究生的学习，从几何石膏到双人体，我们培养一个艺术家，花在素描上的时间是惊人的。而在这样大量的时间内，没有课题的变化，只有难易程度的变化。全部过程只解决了一个技术的事情——学会了把三维的对象画到二维的平面上，使其看起来还是三维的。素描确实是一种便捷有效的训练方式，但不是全部，还要看怎么教法。素描的目的，不只是为学习描绘本身。以素描作为基本载体，可以分解出很多不仅与绘画技能有关，并与整体艺术思维有关的一系列专门课题。通过训练培养一个人看事物的能力，从没有（一张白纸）到完成工作的能力，建立和培养有创意的思维线索和实现的能力，从一个粗糙的不能干的人，变为一个精致的能干的人。

现代艺术教育，必然涉及“大美术”这个概念。“大美术”是显而易见的趋势，它应该是包括与美术有关的设计、服装、广告、建筑等专业的整体美术概念。从“纯美术”到“大美术”这条弧线的延长线，就是未来美术与周边生活的关系。我甚至认为：在将来，“美术”这个概念是没有实质意义的，它被“大美术”稀释到生活中的各个领域。“纯美术”将成为一种真正的传统艺术，像古典剧种一样被保留着。当然有人还在做，并继续对它进行现代化的尝试。但这部分绝对不是未来新型美术的主要部分。未来学院的主要任务，一定是要培养具有开阔的创造性视野的人，有极强适应性的、能进入社会各种工作机构和领域的人，具有极强的预感力和懂得如何发挥才能的人，这包括创意——对人类思维具有启发性的价值，实现的能力——知识的广泛、解决问题的办法和精湛的技能。

美术的发展最终会还原至它起源时的职能，它不是因为“美术职业”，而是为人类生活所需的创造而产生的。创造这个基本动力，是艺术的核心，也是人类所有学科的核心。由于分工，在实用艺术之后，纯艺术又被分化出来，成为一部分人对视觉表达的实验性活动。而随着实验的深入，它在领域发展的同时，又在做着领域自身瓦解的工作。现代社会和现代艺术的出现，使这个瓦解的速度变得更快。

从历史上看，实验艺术与实用艺术，一直是相互影响的关系。到今天，由于商业广告、传媒的发达和直接的经济目的，实用艺术领域集中了更多的资金、更多具有智慧的人。它更广泛、更直接地影响人的思想和生活，当然也就更能体现这个时代的品位与追求。能够“体现一个时代的文化精神”是对有价值的艺术的要求。可以说今天的实用艺术，自身携带着现代艺术价值核心的因素，并且是自然而然，又是活生生的。画廊里的实验艺术与之相比较，显得枯燥而落后。我设想，将来人看今天，什么东西更能代表这个时代？有可能是虚拟影像、传媒方式、广告时装等领域的成果，而不一定是实验艺术。将来的人是不理会实验艺术和实用艺术有什么区别的，什么东西更能说明那个时代，他们就更看重什么。

上星期，一位大陆出来的波士顿艺术学院的学生，来我工作室（我是他的研究生校外导师）。我看了很多他试着把中国文化引入创作的实验作品。他的校外工作是为新出品的美国电影设计广告。我看了他的设计，他的广告中有意思的东西，远比他的实验作品中多很多。字体、造型、色彩、每个细节的视觉考虑，都与当代社会的视觉需求构成敏锐的关系（当然考虑的精度，来自背后的商业目的）。而他自己却不认为这有什么价值，也想不到把这些已经很好的东西结合到自己的创作中去。因为，他是我们的艺术学院（上海大学美术学院）培养出来的，理想是要成为严肃的艺术家。他看艺术的高下，有个“纯与不纯”的条件在先，因此不能穿过当代文化的世俗外表，看到背后精彩的部分。其实，艺术价值的成分，可能出现在艺术作品中，或是通俗文艺中，也可能在实用美术中，还可能在艺术之外的领域中。不要给自己制造任何障碍。

你信中的最后一个大问题是：关于中国美术的转型以及它的未来趋势。在谈到这个问题时，你首先讨论了传统与现代的关系，以及对此问题西方与中国之间的不同。

2001年，我在美国史密森尼博物馆学会的赛克勒美术馆做过一个大型的个展，通过这个展览，我对“传统与现代”这个老话题，有一些新的认识。这个美术馆一直是以保存和展示亚洲古代艺术为宗旨的。二十世纪末，史密森尼博物馆学会的一项新策略是，更多地关注亚洲当代艺术。他们希望我为他们做建馆以来的第一个当代（活着的）艺术家的展览。他们希望这位艺术家的作品是当代的，又是与传统有一种特殊联系的，展览能够起到两者之间（当然也是两部分观众之间）桥梁的作用。

我试着通过此展览，把观众带到传统与当代关系的思考中。我把馆藏品——那些供了几千年的传统艺术，与我惯用的、以传统技术制作的“当代艺术品”结合在一起。整个展览很像我单件作品的手法。它们到底是传统艺术还是当代作品？什么是这些作品的本质和真实的部分？它们真的运用了中国文化的营养？或者，这只是一种戴着这一面具的假象？目的是先把观众放到“传统”“现代”非此即彼的二元论无法展开的悖论中。实际上，传统与现代如磁场一样，是随时转换和互为存在的，是你中有我、我中有你的关系。他们没有好与不好之分，也没有新与旧之分。因为好的“传统”的作品中，必有永恒的因素，到什么时候看，都是有价值的，这就是所谓“现代因素”，是超越时段性的。新的、现代的不等于是好的，只有好的那一部分，才能被转化为将来的传统。汽车设计专业是新的，宋代没有，但不能说汽车设计就比宋画好，只能说更现代。所谓“现代”只是一个时段概念，不是目标，如果我们追求这个概念，就又被艺术史误导了。

对传统与现代的认识，东西方的态度不同，但有同样的误区。西方是改造传统，打破传统，东方是丰富和完善传统，讲究的是几代人玩一个指法，看谁玩得更有品位，而西方是看谁能开辟新的玩法。

你认为美术的转型是必然趋势，你又提出怎么转的问题，怎么才能转出中国的现代？中国社会形态的转型，必然导致美术的转型。中国艺术未来的大价值，是寄托在中国社会转型的成功之上的，如果中国强盛，社会进步，人民生活富足，有效地解决人类面临的问题，中国的一举一动对世界平衡起着重要的作用。中国这样大的国家，它的改变，必须是在一种新的、有效的思想方法及新的文明方式基础上发生的。这种新的文明方式，并非西方现代的，也非东方传统的，而是前所未有的（因为中国的问题和情形是前所未有的），并且是对人类的未来方式具有启示性和方法论价值的（大国的复兴与小国的经济起飞有根本的不同，小国的经济可以由周边格局的改变带动，或是找到了新的自然资源而改变）。中国艺术的最终价值，是建立在这种新文明方式对世界进步有效性的价值基础上的。艺术价值，实际是指它背后思想的价值，以及新思想所带出的新艺术方法的价值，这两者互为因果，构成艺术的价值。

二十世纪，全世界向往美国艺术，其实吸引力并非美国艺术本身，而是来自已被证明了的，在那个历史时段美国文明方式对人类进步的有效性。就像可口可乐的魅力，不是来自饮料的味道，而是来自可口可乐所代表的美国文化方式（但任何文明方式都有其盲点的部分，会在时代的变迁中被显示出来）。

谈“中国的现代性”，先要讨论什么是现代性，我认为，它是现代人所代表的人类文明的最高方式，是对人类生活提升有作用的现实思想。中国的现代性最终同样要达到的是“现代性”，这也是世界现代性的一部分。这个问题的前缀，不是“中国的……”，而应该是“怎样用中国的方式获得”这个“现代性”。作品是否具有现代性，不是样式上的事情，也不是打不打中国牌的问题，关键是看你怎么用自己的特殊条件来工作。中国文化中有好东西，也有不好的，要看你用哪一部分，怎么用。我新近的作品《地书》，看上去是超地域的、当代的、新科技的，参与的是西方最前沿的展览。但我知道，其核心的灵感来自中国象形文字的传统，中国人最能阅读图形，我有这个传统，才对象形符号（现代标识）这事敏感。你说这是在打“中国牌”或不是？你说它是“中国现代”的，还是“现代”的？我相信中国文化中优秀的、智慧的、带有独特方式的东西，不使用是不行的。也许百年前属于“保守”的东西，在今天的世界格局中就变成需要的东西，就变为当代的思想。

这是我理解的当代与传统的转化关系。如何把我们的整个民族的经验和“局限性”使用好、转化好，这是一个课题，这个功课做好了，我们就有好多的东西可以使用。

永良，自从人们使用 E-mail 以来，就很少有人写这么长的信了。其实，我写这封信也是清理自己思想的过程。许多问题，平时没有什么理由和它较劲，它就不存在。如果你认真起来，绕不过它去。我是做创作的人，想法来自参与和实践，必有偏颇之处，有待矫正。

徐冰

2007 年 8 月 27 日

敦煌千佛洞素描，1984

心有灵犀

回到中央美术学院，做的与“艺术”最接近的工作就是和我的硕士生、博士生在一起讨论创作了。艺术创作的过程说到底，其实是每一个创作者用艺术这件事与自己的性格及内心进行较量：已有的艺术手法和风格“强大无比”，教科书告诉我们好的艺术应该是这样的，而属于个体的更深层的部分又在涌动，说：我是我，真正的我在这儿。大师的“语法”虽好，但用它说出来的不是我要的，有时几乎就差那么一点点，要不就完全走样。从以往的学艺经验中，从展览、画册、网络、身边同学的手法中搜寻、比对、混合、试试看，也许有谁的能对上我。这有点像在超市里买鞋，试来试去，结果没有一双合适的，也许需要从人类制鞋史的缘起处——草鞋时代——开始再找一遍。甚至这还是不行，它的发展逻辑环环相扣，太清晰了，毫无漏洞可钻，唯一的机会看来要从光脚时代开始了。确实，在没有任何“鞋”的概念的前提下，佛才出现。这句话是从一句禅语中挪用过来的……

我和同学们谈艺术创作，其实交流的都是这些东西。我有在国际当代艺术系统工作的经验，知道这点事是怎么回事。基本上也懂得我们过去艺术教育的那一套。我也看过不少东西，可以把同学们煞费苦心想出来的“点子”否定掉，或随时随地就他们创作的“死角”出一些解围的主意。这让他们的思维变得比以前灵活了许多，下次再遇到问题就会更有办法。但在给他们出主意的同时，我也在问自己，他们变得“脑子很灵活”真的有好处吗？因为这毕竟不是艺术的核心部分。学生随时获得解决方法的提示，创造力也许还会萎缩。我带的第一个研究生有一次就说：你的思维太强大了，让我没有思维的余地。后来他和我疏离了一段时间，却搞出了有意思的东西。

思想与心灵之间的交流真的很有意思，有时候需要刺激它，有时候需要指鹿为马，有时候需要把它逼到死角再说，有时要用《天书》的方法，用拒绝沟通来沟通，有时候需要像爱护蜗牛的触角一样，千万不要伤害它，缩回去也许就再也出不来了。

尽管我与他们是教与学的关系，但我心里清楚一点，这就是：我实质上不如他们，因为他们比我年轻。在对新事物的敏感度上，对未来趋势的认可度上，以及生理的适应性上，一定比我强。他们代表未来，这是生物层面的，是进化的本能。这真让人羡慕。

所以，我“教”他们，必须首先进入到他们的世界中。他们每一个又都是不同的、唯一的，都是一个宝藏，进去后才知道这些宝藏该怎么个挖法，下手的屏障在哪里。有时需要把他们已经形成的模式、夹生的地方或曾经弄坏了的部分，彻底打乱后再重来，才有重新启动的机会。哪一类材质都有用，关键是如何把其瑕疵的部分转换成有益的、别人没有的东西。看着他们各自的性格与艺术纠缠的过程和结果，是一件欣慰的事，也可以帮我校正对许多问题的认识。

几周前，有三位同学通过了论文答辩。他们各方面比以前更成熟，有些人求学期间的作品，就已经被国际上重要的美术馆典藏。但每到这时，面对导师组的教授，他们紧张得特别像孩子。性格中更深处的东西，被细微的小动作暴露出来，他们装作镇定和放松，反映出他们对世事的认真、对学术的敬畏，异常的可爱。这时候，我坐在其他教授中间，也会为他们捏一把汗。让我想起几年前我去哥伦比亚大学做讲演，出门时，年过八旬的老母亲，会叮嘱一句“别紧张”，这似乎是小学期末考试某一天的情景。

人在平日的生活和工作中，对这些细微的体会是值得的，艺术即是这些体会“公示化”的载体与结果。这也许就是我的一位老师常向我们说的:“艺术是人的优质魅力的体现。”

艺术教育留给学习者的，应该是对人的质量的提升。我曾经说过:“在教与学的过程中，通过对每一件作品细微处的体会，通过交换感受的点滴小事，使我们从一个粗糙的人变为一个精致的人，一个训练有素、懂得工作方法的人，懂得在整体与局部的关系中明察秋毫的人。使学生具备从事任何领域都必须具备的一种素质：一种穿透、容纳、消化各类文化现象的能力以及执行的能力——最终解决的是作为一个人的水平问题。”所以我希望他们：不管将来是不是做艺术，在任何领域都应该是出色的、有创造力的。

2013 年 5 月 30 日

下辑　关于作品

《天书》[1]

1986年的某一天，我在想一件别的事情时，却想到要做一本谁都读不懂的书。这想法让我激动，是那种只有自己身体才能感觉到的激动。第二天早上醒来，想到这件事仍然很激动——连续许多天都如此，几个月过去了还是这样。而每次激动，思维也跟着激动起来，不断地为这个想法附加各种意义，它的“重要性”，在还没有动手之前，就

1 这篇文稿是应伦敦夸瑞奇（Quaritch）古书店主人约翰·科（John Koh）先生之约所写。这篇文字侧重谈《天书》印制过程中与技术有关的事情。夸瑞奇古书店从1847年开始专营欧洲古籍与手稿，客户包括路易·吕西安·波拿巴（拿破仑的哥哥）、格莱斯顿、迪斯雷利与克劳福德君主等。夸瑞奇建立了全世界最广泛的古籍书物收藏，以出版古籍、手稿类图书和期刊《古版本》而闻名。——作者注

被放大了。可以肯定了！这将是一个值得全力以赴的事情。当时我必须完成研究生毕业创作。次年7月，毕业展一开幕，我马上转到这本“书”的创作中。

我对做这本书有几点想法，一开始就非常明确：一、这本书不具备作为书的本质，所有内容是被抽空的，但它非常像书。二、这本书的完成途径，必须是一个“真正的书”的过程。三、这本书的每一个细节，每道工序必须精准、严格、一丝不苟。

我相信，这件作品的命运，取决于整个制作过程的态度，假戏真做到了不可思议的地步，艺术的力度就会出现。“认真的态度”在这件作品中，是属于艺术语汇和材料的一部分。

我希望这本书看上去不是素人所为，而是有知识依据的，每个细部的决定，都是有讲究的，因为这本来是一个没学问的人的举动。这特别反映了我一直以来对知识进不去又出不来的敬畏之感。越是这样，我越希望它更像一部经典，最好是宋版书的风格，是正装出席的，这样，能帮它装扮出很有文化的感觉。面对它，是要屏住呼吸、不可大声喧哗的，要把手先洗干净或要准备白手套的。制作，必须是手工刻制、印刷的。印出来的东西在习惯上是正式的，是要认真对待的，是和真理有关的。学版画的我，很知道“复数性”和印刷的力量。字体，我考虑用宋体。宋体也叫“官体”，通常用于重要文件和严肃的事情，是最没有个人情绪指向的、最正派的字体。

原则明确了，便开始了准备工作。我做的第一件事，就是泡在北大图书馆善本库，把线装书的知识弄清楚。由于母亲工作的关系，我被介绍给书库主任。主任问："你要看哪方面的？"我说："看最古老的和大开本的。"他说："那多得很，出纳怎么给你提？"我事先买过一套文物出版社的《中国版刻图录》，我说了一两个书名，但也许都不是最老和大开本的。他把我转给出纳，说："这是杨老师的孩子，他想看什么就让他看吧。"他一定是看出我并没有明确的领域，又像是什么都要看。书来了，我装作很懂版本学的样子，看上去像个研究方向明确的学者，严肃认真地翻开每一页，并做着笔记，与边上的其他老师没什么区别，只是换书的频率比他们快很多。

几天过去了，可怎么也找不到我想象中的宋版书，但凡宋版都不是宋体，而是楷体。只有到了明版才出现宋体。我对此的分析是：早期刻书，作者或抄书人把书稿交给刻工，刻工按书家风格抠刻出来，不敢走样，这是刻工的本分。随着刻书业的盛行，刻工为求速度和行刀便利，逐渐形成了硬边的宋体风格。这种字体不是由某个人设计出来的，而是由宋至明，历代刻工创造的，也可说是天成的。台湾管宋体叫"明体"，也许更准确。称"宋"是因为从宋代就开始了，叫"明"是说到明代才完善。宋体字是中华审美经验的结晶，看雍正年间"水云渔屋刻本"和乾隆年

古籍版式研究手稿，1987

间“乾隆内府刻本”的宋字，真不知道该怎么办才好，如果世间真有“看在眼里拔不出来”这回事就好了。

我不能用楷体，因为任何楷体都带着书写者的个人风格，风格是一种信息，既有内容，就违背了《天书》“抽空”的原则。我决定使用略微偏扁的宋体，扁会融进些汉隶之感，但不能过，有一点感觉就够。但版式应该参照宋版。宋书行少、字大而密、鱼尾偏上、版心饱满。我反复调节这些因素，找到它们在我的书中合适的关系。

在图书馆泡了一阵子后，我对版本学产生了兴趣。有一段时间感觉极好。那时，如果谁递给我一个古本，我可以准确断代，像灵验的算命先生。

我这个业余版本爱好者，时有自己的“发现”和观点。当我一眼就能分辨哪些是活字印刷、哪些是整版印刷后，我惊讶地发现：虽然中国人发明了活字印刷术，但在实际印书业中，并没有广泛使用。我的观点是：活字印刷并不

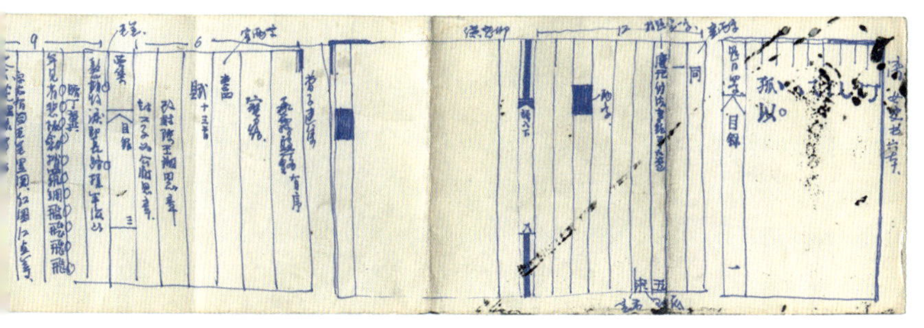

适合汉字体系，而更适合拼音文字。所以这一技术很快被欧洲人所用。中文排版要从几千字中找出想要的那个字，光这一点就够费力了。另外，排字工必须识字，即使这样，一页书稿排下来也难免有误。校对又是一道工序，哪怕漏了一个字，整段都要重来。最主要的原因是市场决定的。活字印书，排、校、改、拆，一页页地搞，拖的时间长。而整版的优势在于：保存一套完整书版。如果明天就要出书，今天，一百个印工，一百块版，同时动手，是赶得出来的，且正确无误。最后一点，是我个人实践所得：把那么多活字木块切割成可用的精度，几乎是不可能的。这只有上过手的人才深谙此道。所以当伦敦“寒山堂”主人冯德宝（Christer von der Burg）先生得知《天书》是用活字印出来的时，他惊讶地脱口而出：“You are a genius!”（你是天才！）我想，我折腾活字的经历，说我是“劳模”更对。我只能使用活字，否则，这本书一辈子也别想弄完。

制作《天书》的小屋，北京，1987

我开始准备活字用的木块。我反复计算了字块应该的大小。我找来锯和刻版画用的梨木板，在宿舍动起手来。我急于开始，没有耐心去找有电锯的地方。光想没有用，只要动手，就在向最后的结果接近。

但开始动手，真正的问题就来了，这是整个过程中最难的，也是活字印刷术最难的事情，不知道古人是怎么解决的：要把每个字块的六面锯成绝对的 90°，是很难的。看起来整齐的木块，一旦在字盘中被挤紧，面上一定是高低不平的。我用砂纸把表面磨平，可当我把它们打散再重组起来时，它们还是七拱八翘的。我再次磨平，也无效。其实，刻字面是否平整，是由其他五面决定的，每一面必须确保严格的90°。我决心把其他几面都磨一遍。几天时间里，小屋粉尘飞扬。我努力地做着，期盼着可以动刀的时刻。但精心打磨了一轮后，再回到刻字面时还是老样子。现在我知道了问题所在：一方木块儿的六个面是互为依据的，但它们在空间中始终没有一个面是正确的。无奈，只能印时再说了，我必须尽快动刀。

大学时我们学的完全是西方现代版画这一套，与中国传统刻版是两回事。要了解这套技术，我能想到的就是去荣宝斋找刻工师傅。我被中间人介绍给一位中年师傅，他希望去家里见面，而不是荣宝斋工房。见面是在一个中午，那天给我印象最深的是，师傅和他妻子在二十分钟内就把饺子做好了，招待我们。手艺人就是心灵手巧，这让我佩服得很。对从南方来的我家人而言，如果决定包一次饺子，几乎是需要多次讨论和全家分工，然后折腾一天才能吃上的事情。那天最大的收获是知道了：他帮不了我，因为刻书与复制水印木刻画是两套事情。刀是一样的，这种“把刀”在市面上是买不到的。师傅同意借给我一把，回去照着自制。在北方是找不到刻书师傅了，只能自己想办法。

我决定造四千多个假字，因为出现在日常读物上的字是四千左右，也就是说，谁掌握四千以上的字就可以阅读，就是知识分子。我要求这些字最大限度地像汉字又不是汉字，这就必须在字的内在规律上符合汉字的构字规律。为了让这些字印出来，在笔画疏密、出现频率上更像一页真

《天书》制书工具，1986—1991

的文字，我依照《康熙字典》笔画从少到多的序列关系，平行对位地编造我的字。这本字典是我爸从老家带出来，并留存至今唯一的东西。书上有个名章“徐正真印”，一定是徐家祖上的一个人。

让这些字更像“它们自己”的关键一步，是利用字的本性。汉字是由一些表示世界要素的符号组成的，我把一个类似“山”的符号，与一个类似“水”的符号拼在一起，你一定会说这个字是表示自然的；如果我把“工”与“刀”部拼在一起，你一定知道这个字是说人造物的。这让你自己首先相信，明明有这个字。这就像你看到了一张熟悉的

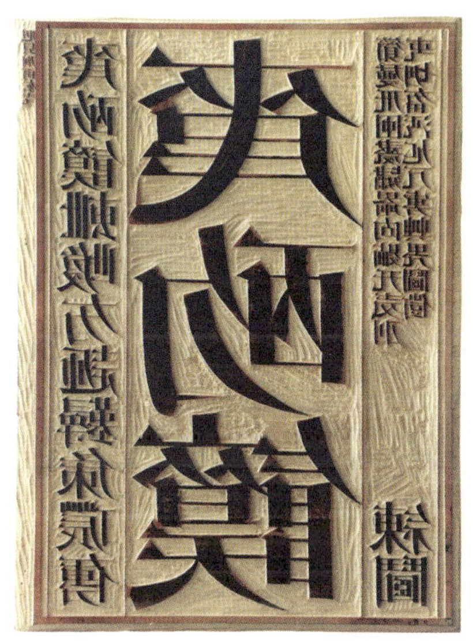

《天书》首页刻版，1987

脸，却叫不出他的名字。这让我的这些假字，比起古字典中那些已经死掉的真字更像真字。

到现在还不能动刀。把字稿转到木块儿上，也是一道工序。传统方法是：先将字稿正面扣贴在木板上，待干后，再把纸弄湿，用拇指将宣纸表层纸浆搓去，直到薄如蝉翼，可透出墨稿镜像的清晰图像。刻工连纸带木一刀刻下去，准确无误。但我并没有按照正宗的方法，觉得有点太麻烦。我不必如此，因为我是为数不多的自写自刻的人，就不存在是否忠实于原稿的事，刻便成为调整的过程。我写的字稿有楷体成分，经过刀的整理，自然就成了宋体，有点儿像是刻书，从宋到明演变的快进版。

我弄了一套自己的办法：用加盐的墨汁，将字写在半透明的硫酸纸上，待干后，把字稿扣在木块上，再刷少许水，盐的返潮性能让墨溶化。这时用些压力，字稿会被转印到木块上，是反字，印刷出来是正字。

这些准备工作像登场前的仪式，现在终于可以开刻了，这是一件最愉快的事情。当时除了在中央美院教授素描课外，我停止了几乎所有活动，把自己关在小屋里，开始了刻字的过程。事实上我喜欢这种纯手工的、需要花时间的、不费脑力的工作。只满足原始的、数目累积的兴趣。今天比昨天多刻了两个字，加起来是多少字——这让我感到充实，是看得见的在接近我的目标，比到处去参加无边的文化讨论，感觉好多了。那种活动参与多了，自己原先有的一点东西似乎也都没了。

人生的核心命题是“度过”，就是如何把时间用掉的能力。

精致的刀锋划开新鲜的木面，每一刀都是一个决定，这是一种与物质的交谈，只有我们之间才有的。你面对的是“没有内容”，所以它不干涉你，思维无边地游走，不含多余的杂念。坐在那里，空气已经很充实了，不需要任何音乐。楼道里的喧闹，全被过滤在这个空间之外。很多人觉得我刻苦耐劳，哪知道我却享受得很，享受着一种自认为的、封闭的崇高感。在人们忙着排队买菜、过好生活、奔向现代化的时候，在知识界狂热阅读、研讨的热潮之外，我却忙着赶刻连自己也不认识的“字”。

已经刻有两千多个字了，我开始试印。10月份中国美术馆给我一个展览档期。我是年轻艺术家，不想浪费这个机会，也想借此验证一下《天书》的想法和自己的行为。

我首先印刷那些长卷。我按尺寸做了一个字盘，愉快地选择我认为应该的字，放在应该的位置上。我用最土的方法——几条麻绳，一根小棍，转几圈后字盘就被勒紧了。我知道水性墨印刷不是件容易事，那需要一套特别的技术，在干湿变化合适的时刻，一挥而就。何况我的版面超大，凭我的“段位”是不可能的。我用我熟悉的油性墨印刷，墨滚子把崭新的刻版弄脏，真是一种无可挽回的“强暴”。我和助手小心、兴奋地揭起第一页，大失所望！比预期的效果还要差，就像一块不干净的旧地板。印痕比什么都敏感，一点细微处都会反映出来。把字块儿勒得越紧就越不平。玻璃最平，我找来一块厚玻璃，把字模头朝下排在上面，再盖上一片加热的胶泥，用滚筒擀压，胶泥填充在高低不齐的缝隙中。胶泥冷却后会变硬，再把版子整体翻过来，就可以上墨了。这方法是成功的，却是麻烦的。白天我们一版一版地印，晚上我继续刻字，刻字是一种休息。

“徐冰版画艺术展”开幕了，我有意说是“版画艺术”，因为我想强调印刷对这件作品的重要。这件作品最初的名字叫《析世鉴——世纪末卷》，那时对“深刻”问题想得特多，才用了这么个别扭的名字。这作品本身倒有中国文化的坚定感，题目却受西方和当时文化圈风气的严重影响。后来人们都管它叫“天书”，我觉得可以采用。

我在展厅里制造了一个“文字的空间”，人们被源源不断的错误文字所包围，被强迫接受这个事实。一种倒错感，让人们疑虑，是什么地方不对劲，也许是自己出了问题。我把这些“荒唐”的文字，供奉在神殿般的位置上，它们是有尊严的，不再是被世俗滥用的工具。三条长卷从展厅中央垂挂下来，下面摆放着不同形式的“典籍”，有线装和蝴蝶装的，有《解字卷》（无意义的字解释无意义的字），还有一个《中英对照本》（英文也是读不懂的）。这些都是我的测试，我在为最后要做的那本书寻找最好的形式。

展览出乎人们的意料，也吸引来艺术圈之外的很多人。我的艺术似乎让某些知识分子更不舒服，一些老教授、老编辑来过多次，这对他们像是有“强迫症治疗”的作用。他们在努力找出哪怕一个真的字，这也许是因为，进入这个空间就与他们一生的工作正相反。

人们议论着《天书》，我却“失语”了。我有一种失落感，我的“自我封闭的崇高感”被稀释在了人群中。传统的人批判《天书》太前卫，是“鬼打墙”艺术，意思是这种艺术和艺术家的思想有问题；新潮艺术家则认为《天书》太传统、太学院。我对争辩没有一点兴趣，一心想着那本还没有实现的“书”。经过这一年多的尝试，我已经清楚这本书应该是什么样的，现在可以正式开始了。

我重新确定了开本，过去的那套字大了三毫米，我决定重刻一套，反正我也喜欢刻。我打听到一家工厂有一套进口木工设备，说是最先进的，误差不超过0.1毫米。我去试。由于我的小号字模只有小拇指尖大小，入锯和出锯处的木块儿还是有误差。我只能挑出能用的部分，再做些加工，才基本上可以了。我一口气又刻了两千多块，比第一批刻得快多了。这一口气也快有小一年时间。

这回的书必须是一“本”正经的，不能再用印版画的油墨这类不地道的方法了。我跑遍了有可能与线装书有关的机构，经中华书局介绍，找到了一家专门印古籍的厂子，在大兴县（今大兴区）采育乡韩营村。我带着崭新的还散发着木料味道的版子，找到韩营村。来这里并不方便，坐长途车到一个地方后，再租自行车，骑上两小时才能到。厂长姓任，是个农民，左右坐着两个师傅模样的人，看上去很维护厂长。我把排好的版子拿出来给他们看，师傅拿过来，说：“这是什么？”我说：“是我自己刻的，都是不认识的字，是艺术的想法。”他说：“这是干吗？”我说：“是艺术，先打张样再说吧。”我急于看到我刻的版被行家印出来的效果。师傅把版子拿走了，没一会儿，他回来时像变了个人，眼睛放着光，嘴里反复说着：“这活儿印的！这活儿印的！”后面跟着几个工人，厂长也站起来。我看到清晰至极的书页，亮丽得让人兴奋。厂长说话了：“是你

徐冰在北京大兴韩营村古籍印刷厂，1988

刻的？”我说：“是。”厂长像叹气似的“嘿”了一声。后来熟了，知道这是他的口头禅，一有感触，就先来一声“嘿”。“嘿，这活儿你想咋弄呢？”他接受了！是我的手艺“感动了上帝”。他们肯定从来没有印出过这么清晰的书页，因为今天没什么人刻书版了，有的都是经过历代印刷，模糊不清的古版。再好的手艺，也印不出效果来。今人，即使印了一辈子，也赶不上印头版的机会。在过去，新版开印是件大事，要用朱墨打样。我当时不懂这些，否则，应该有五套朱墨的《天书》。

这一带过去有印书的传统。“文革”后国家计划重印某些线装古籍，就通过中华书局，把古版找来，让这个厂子重印。我去时，厂里正在印《大藏经》，这套书版一直藏在北京房山云居寺。“文革”时，总理下令重兵把守才保护下来。我去这里看过，大殿中央黑压压的一座由经版堆成的山，每块版都有一个小条案那么大，厚如砖头，两面刻。厂里人说：“藏经版光运输就拉了四十辆卡车，跑了一个多月，完整的一套书就装一卡车。”后来，每当人们夸赞《天书》的工作量和壮观效果时，我就会想：比起古人，我干的这点事算什么。现在的人真是没有耐心了。

那时，全厂为《大藏经》这套书已经干了两年，计划还要三年才能完工。谁能相信，这么庞杂浩大的工程，就是由韩营村农民任厂长主持的。繁杂的册页序号、版号的归位，填补漏字、漏页……他硬是靠自己琢磨弄了下来。有时我想：他要是受过教育，不知道会是怎样了不得的人（那也难说）。我向他学了不少东西。他除了不会刻、印外，对线装书制作这套事，知道得太多了。那天打样出来后，我的威信被确立，厂长马上带我参观工厂。他一路上对干活的人嘿来嘿去的，提醒着各种细处——全是印书这一行的知识。他顺手掀开一摞闷湿的纸查看，用手碰一碰又合回去，自言自语：“嘿，纸就怕着风。”好像闷湿的宣纸会感冒似的。凭我对中国纸的一点了解，我知道他在讲什么：着风不着风与纸湿润的深度有关，就与墨色的润泽程度有关，与书页干后伸缩是否平均有关，也就与活做得好坏有关。

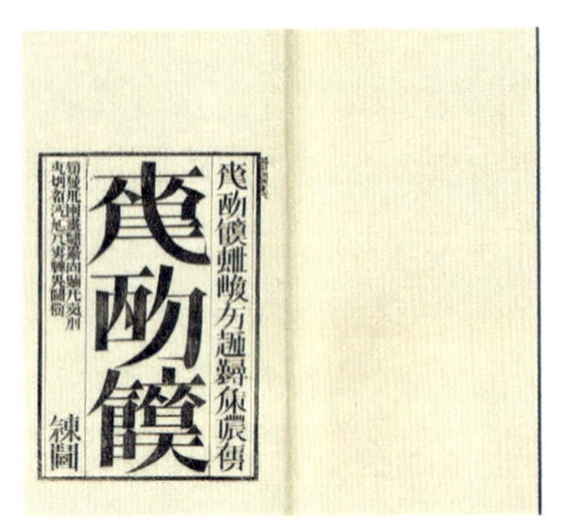

《天书》，1987—1991

一圈转下来我发现，厂长是个很和善的人。他确定了两名说是“心细”的女工，专印我的书。一位姓边，由于姓怪我记住了。另一位是个普通姓，我实在想不起来了。两个姑娘一印就是两年。从那以后，我每星期往那儿跑一两趟，需要就住下。

这书一开印，我就必须把细节最后确定下来，不能再没完没了地推敲了。有些地方实在定不下来，就算了，这次只能这样了，下次有时间再好好做一套。只要是由于时间不允许再推敲时，我就会有这样的念头——真是一种“完美主义洁癖”的病状。

这本不能称为“书”的书，有着作为书的严密逻辑和结构：册序、页码、题目、总目、分目、总序、分序、跋文、注释、眉批以及段落终止，等等，在“没有内容”中

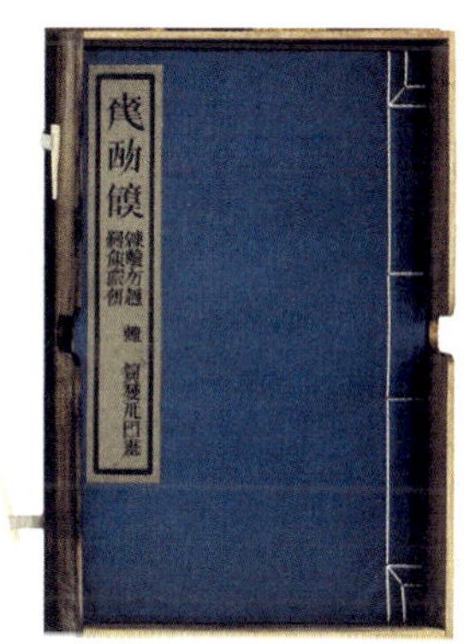

布满了“内容”的密码。我千挑万选，选出三个我认为最像汉字的“字”，作为总题目。按惯例出现在封面及折页处，依次是分册题目、章节题目，最下面是刻工记号。册序号和页码用“正”字计数法表示：□，数字五；□，数字六。数字有内容吗？在脱离所指和上下文关系时，它们是抽象的。在这本书里，它们严格地“管理”这堆“文字”的起始、顺序和范围，这让被管理的部分显得更是空洞。它们把整套书贯穿起来，如果你按目录的页码查找下去，能在分册中找到你要找的章节题目。这些严密的层次，让看书人获得一种与翻阅经验吻合的生理节奏感。

为了让印工排出这种结构，我在每个字模背面做上标记，表示正面的“内容”，并按实际册数、页数做了样本。样本里标满了 ↓⊠△○#◈ 等各类符号，看上去像是四册

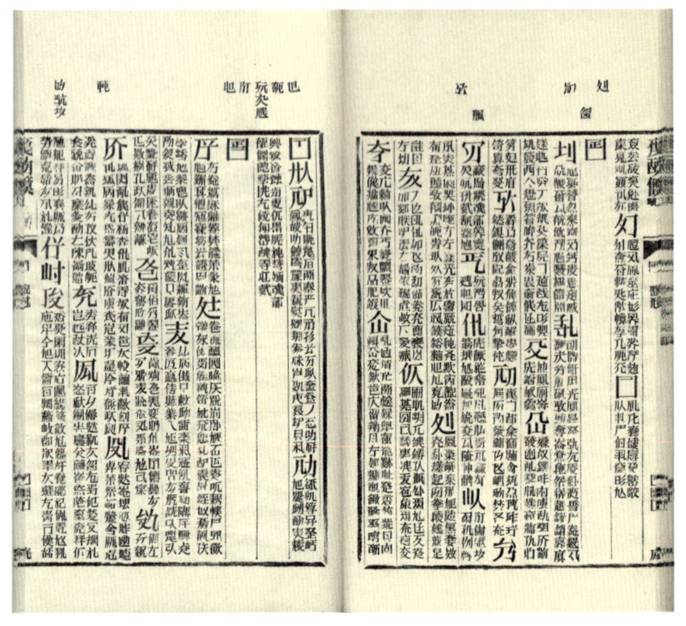

《天书》对页，1987—1991

有关科技的代码演算簿（它确实是能与《天书》对位的密码译本）。印工不需要知道正面的内容，只需按符号的引导，把每一个字块放在应该的位置上。整套书就是这样印出来的。那期间，两位女工一页一页地排版，我一页页地调整，直到必须开印了，才停止改动。有时，哪怕为一点细处的变动我也会跑一趟。每次去都是骑车过一个小桥，然后沿着一条一侧有树的直路下去，能看到几排平房就快到了。树的颜色从嫩绿、深绿，变到黄、深黄，再变到黑、白，最后又回到嫩绿。四周空旷，颜色变化就很明显，向你提醒着时间。

《天书》总共印了120套，每套4册，共604页。每套装在一个特制的核桃木盒中。这盒子是在学生林海的邯郸老家，太行山满市口村，由一位老木匠一个个做出来的。这些零碎的工序，让这套书直到1991年秋天才完工。1990年7月我去了美国，那时出国不知道何时才回来。走之前，装订样本已经出来了，我最后确定了封皮颜色和“六眼装”格式等细节。

我第一次看到最终完成的《天书》，是在日本东京，它们是我想要的“书”的样子。封面是“磁青皮子”颜色，书题签在左上角应该的位置上。这位置找合适了，就像好的裁缝做的领口和袖口的镶边。这端庄透着对人的尊重，宽能走马、密不透风，这是中国人看东西的讲究。这位置找到了就千古不变，因为实在是没有第二个更合适的位置了。

《天书》秉承了这种风范。我和所有打开盒套的人一样，被它的端庄吸引，以至于让我感到一种陌生。不了解过程的人，绝想不到，这是在那几排普通平房里弄出来的。

《天书》在世界各地被不断地展出，广受好评，我才想到那些刻版。1994年回国时，我去了一次工厂，想把版找回来，也去看看他们。骑车过一个小桥，然后沿着一条一侧有树的直路下去，看到几排平房就到了。工厂大门却

《天书》装置，加拿大国家美术馆，1998

挂着锁，我向里张望，身后出来一个中年妇女，说：“厂子搬了，在村那头。”她又支使身边男孩儿：“去！找厂长去，有人来啦。”新厂离旧厂不远，厂长还是那样子，只是走路开始不方便。他从家来，透露家里出了些事，好像是小女儿突然得了癔症。他叫人：“去！把小徐的版子找回来。”又回头对我说：“嘿，搬了一次家，不知还留着没有。”过了有一会儿，那人提来一个米袋子，里面一团黑乎乎的东西。“倒出来！”东西撒在地上，这哪里是字模，整个是一堆煤球儿。细看，上面确实有字，被厚厚的胶墨黏糊着，它们看起来好辛苦，和那些古版差不多了。还能找到一个字盘、一些字块，我已经满意了。那几册“代码样本”，没了就没了，没关系。我问：“小边她们呢？”厂长说不上来：“是嫁到什么庄去了不是，嘿。”又像是在问旁边人。我在想象：她当媳妇是不是也像整天低着头印书的样子。厂子变了，人也变了，不会变的就是印成的那些《天书》了。

在回去的路上，树正是嫩绿色，我拿着一袋子不是米的东西，心里不知道该想些什么。从1987年到1991年，我怎么了？我做了什么？

只能说是：一个人，花了四年的时间，做了一件什么都没说的事情。

2008年末

《动物系列》

在我的艺术创作中，使用活的动物是从1993年开始的。现在回想当时为什么要用活的动物，是有原因的。我那时刚搬到纽约不久，对西方当代艺术处于“融入”和“挑战”的心理阶段，同时又感到，我过去的艺术过于“沉重”，接受者需要太多东方文化的准备才好进入，太累了。我需要寻找到一种直接的、强烈的、有现场感的艺术，现在看来，这些是当代艺术的表面特征。当时，作为一个“学习者”，在我希望作品有这种效果的同时，也就掉进了西方现代艺术“线性的创造逻辑”的瓶颈中，自然也就被困在艺术界创造能量的有限与贫乏中。当时我对西方主流艺术系统充满向往，完全看不到它的弊病，满脑子里想的都是这个领域的事——创造惊人的艺术。只知道从个人

“智慧”的部分去寻找突破点，深感“我IQ要是再高一点就好了”。在“为创造而创造”的狭窄道路上，对人的创造力的无奈，导致了我对动物的兴趣。在当时一个展览自述上的一段话，记录了当时的认识：“我感到人类创造力的限度，我希望借助生灵，获取或激发人类的能量。”

作品《一个转换案例的研究》的来源：搬到纽约没几天，我接到策展人丹·卡麦隆的邀请，参加一个题为“生与熟”的大型国际当代艺术展。展地是西班牙索菲亚王后国家艺术中心博物馆。我当时并不知道这展览及这美术馆如何重要。我向展方提交了与动物合作的计划——《一个转换案例的研究》——两只在展厅交配的种猪，身上印着文字。

这个想法有点异想天开，因为没人做过。为了验证可行性和做出计划书，1993年1月底我回国做实验。我必须回趟国，因为在美国我没跟农民接触过，也不知道在哪儿能找到猪。在中国，至少我插队时养过猪，也见过猪的各种行为。有关实验的过程和结果，我在当时的一篇问答体的文字中有所记述。

“养猪”问答

问：如何考虑猪圈的设置和猪的选择？

答：理想的场地是将位于闹市区的画廊或博物馆改为

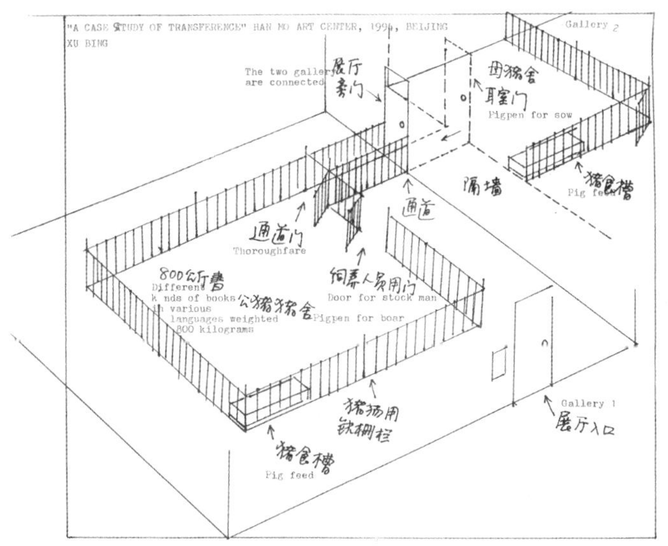

《一个转换案例的研究》布展草图，1993

猪圈。场地面积不少于一百五十平方米，在展厅中央用铁制围栏，做一个四十平方米的方形猪舍，边上设有耳室，为分养母猪之用。以书代土垫圈（约需八百公斤书）。猪舍一角有食槽，另一角有两扇门，一扇为饲养员使用，另一扇门连通到耳室猪舍，以便展示时将两只猪赶到一起。通道要有一定长度，两端有门，以保证两头异性猪的平静休息。

猪的选择：种猪，250—300斤，以色白、皮细、毛稀为佳。品种以美国大约克（父系）与中国长白猪（母系）

第一代杂优猪，“中畜白猪一系”为佳。此品种身兼东西种系理想基因，生理机能强，产仔数高（十二头），瘦肉率高（62%），符合当代生活趋势。

问：怎样控制猪的发情？

答：母猪二十天一个发情周期，发情期为三天左右，这点与人不同。但有资料说明，最初人类女性也是有周期的，我想是由于被“文化过了的”情感、理智与功利的长期作用，把自然的周期打乱了。公猪只要适龄、健康，任何时候都有能力，这点和人一样。配种站的公猪每天赶出来完成两次任务，所以叫“公”猪。猪场师傅说：“发情期的母猪可以老实儿地等着公猪爬，不在发情期的死活也不让公猪上。”但我要求的是：两只猪在同一时间里既要百折不挠地表演，又要完成在展厅的交配，“交流”要有实质性，这就很难。因此，我只能将展期安排在母猪发情与未发情之间的那天。选猪时要检查母猪的档案，严格计算，这是第一点。二是要选用年轻公猪。展示前二十天选好，单圈分养，加精饲料。请配种技术人员定期做爬架子（假猪）和适当接触母猪的训练，既培养又控制其性欲。“从来没有碰过母猪的公猪不会闹，不懂。接触过几次母猪的年轻公猪性欲最强。”这是猪场师傅说的。三是选择公猪最喜欢的母猪。

选猪时，先赶过来的两头母猪，公猪都没兴趣，我们以为公猪有问题，正准备调换时，又赶过来一只母猪，公猪一见钟情。原来人家也是有选择，不是谁都行的，这点又和人一样。

以上三点保证了展示时的效果：公猪努力工作，母猪不屈不挠，配合默契。到最后公猪累趴下了，母猪反倒来招惹它。公猪倍受感动，顽强起身继续工作，多有意思。在动物性这一点上，人和动物太像了。

问：如果变换了猪的生活环境，它们不工作怎么办？

答：这是当时我最担心的，猪场的师傅和技术人员也没有把握。但必须把这种原始的、动物性的（最正常的）行为，转换到一个“文化”的环境中。许多穿着正经的人和影视器材对着它们，看两头猪的交配，开展现代艺术活动，探讨文化层面的问题，这本身就很荒唐，就有可探讨的地方。在聚光灯、众目睽睽之下，两只猪“做爱”很尽兴，不用担心避孕或艾滋，更不存在犯错误的问题，真正的旁若无人，根本就没把这帮人放在眼里。此时，人面对它们却不知所措，显得拘束和不真实。原来我们对猪的担心是多余的，是出自人的观点，它们根本没有不好意思的问题。

有价值的结果是：人改变并安排了猪的环境，却使人处在一个尴尬的境地中。环境倒错的结果，暴露的不是猪的不适应，而是人的不适应。所以有人说，看这作品的人

（包括我自己）都被戏弄了。实际上这种戏弄是自身文化所致，与我其他作品一样——不作用于没有文化的人。还听说有些女孩子看后生理上有不舒服的感觉，这种生理上的惧怕，来自原始性的直接，让我们不知道该怎么办，因为我们太习惯被文化掩盖过的一切了。当然也有些人相当开心，像是狠狠地娱乐了一把。其实，这件作品是给人们提供了一个反思的场所，看着两头猪的交配，想的是人的事情。

问：怎样在猪身上印字？

答：作品有难度，做起来就有意思。人能听话，物可摆布，唯独动物没有“文化”，两套语言无法沟通。最早的计划是将文字印在人身上，想了一阵子，一直没动手，总觉得想法没到位。一是用真人的方式太简单、太直接也太偏向性的议题；二是如果用照片或影像媒材做一个转换的展示方式，又太不直接。文字印在动物身上却充满了物种、进化、文明、沟通及混杂感的暗示，体现了文化作为一种文身概念的意义。两个完全没有人为意识的东西，身上却带有文化印迹，又以最本能的方式努力地交流着。这种简单和直接，到了一种不可思议、又值得思议的程度。

在动手印字之前一切都是未知数，先要向动物医院专家了解猪皮肤的接受程度，即印字是否会有不良反应或意外。另外是麻醉问题，猪的麻醉很特殊，大动物长时间麻醉要做乙醚（ether）呼吸麻醉，要在实验室使用

《一个转换案例的研究》在北京的首次试验，1993

《一个转换研究的案例》，1994 年

复杂的设备。一般静脉注射用药量须根据猪的体重严格计算配制，但有时效果不稳定。最佳选择是进口的氯丁（chlorobutanol），但只管一个半小时。在猪没有自然排泄之前不能连续麻醉，否则会中毒。所以选择印字颜料必须是无毒、速干、牢固的。我们事先考虑到了各种可能性，并做了反复实验，以确保在有限时间内的顺利完成（事实上，实际操作中没有用药物，是猪场师傅帮助进行的。在后来的几次展示中，我是与它们同时在一个几乎无法移动的圈里完成印字的）。

问：两只种猪最后应怎么处理？

答：最初的计划也是最文明的，是将它们放生回自然。但这又是最有问题的，因为它们实际上已经不能回去了，到处都是人为的环境，人已经不能和它们和谐共处了。谁都不会允许我把两头猪放到王府井大街（这是我们设想过的计划）或时代广场上。又由于它们多少代被饲养，即使在真正的自然环境中，它们也已经丧失了自主生存能力。它们就像人类生产出来的任何一件产品一样——或是塑料的，或是肉的。人们在提倡保护动物，给它们自由、回归自然的同时，已经把它们按人的利益，异化成不是自然的猪了。实际在我之前，它们就已经被一种叫“文明”的东西文过身了。

“养猪”的过程对我来说是一个实验的过程，一个有关社会科学的动物实验，有很多的课题在里面。

那次的试验，我本来的目的是自己做记录、做出计划书。但朋友们说既然做，不如请圈内人来看看。（1989 年之后的北京没什么公开的艺术实验活动，到 1993 年，新一轮的实验艺术还没有起来，刚刚有一点苗头）。冯博一[1]通知了一些朋友。“实验展示”选在北京王府井红霞公寓的翰墨艺术中心，这是新时期北京最早的私人艺术空间。那天来了北京艺术圈的各路人马两百多号。没请媒体，没有仪式。半天的展示可谓惊心动魄，一对“情猪”超常发挥，出色地完成了任务。

第二天只有我们几个人，又做了一个私密的实验：我将事先做好的人形，上面抹了从母猪圈取来的气味，我想实验一下猪的发情，是视觉的作用还是嗅觉的作用（这个实验过程的图像，一直存在档案中，事隔十三年才以“文化动物”为题拿出来发表）。活动没有公安部门干涉这等事情发生，事后也没有国内媒体的报道。展示后隔天我回纽约，朋友们见到我的第一件事就是问“养猪”的事，原来国际媒体对此已有些报道，我第一次感到现代传媒的厉害。

由于控制活的动物在技术上的难度，西班牙美术馆最

1 冯博一，独立策展人、美术评论家，曾任何香凝美术馆、金鸡湖美术馆艺术总监。中国最活跃的独立策展人和评论家之一。

终没有接受这个计划，结果展出了《天书》。这件作品后来在德国慕尼黑王宫剧院（Marstall München）和纽约 SoHo 的一个空间实施过，成为一件反响很大的作品，并影响了后来一些国际艺术家的创作。

现在看，这件作品并非一件成熟之作，对我来说更像是一个习作。实施的过程和后来的结果，让我对这一类当代艺术的创作手法、生效法等问题，获得了一个尝试与发现的过程。了解和尝试极端的创作手法并无坏处，它使你创作词汇的两极——最循规蹈矩的与最荒诞不经的之间地带很开阔，你的词汇就丰富，好比声乐家音域宽窄的区别。另外，应该说这件作品给人的印象和传播力是强的，我知道在短暂的时间内，人们记住它，是由于它强刺激的语言，而不是其内涵。这让我反思大量的当代艺术创作为什么是今天这个样子。

通过这次实践，我对一个艺术家作品的外在风格与内在线索的这类问题，有了新的认识。动物与文字是截然不同的两类“材料”。我对这两类材料的兴趣，是由于我的艺术并非在谈这两类材料本身，而是借它们谈它们之间的事情。动物可以说是原始与未开化的代表物，文字可以说是文化最基本的概念元素。《一个转换案例的研究》与《天书》的风格截然不同，但它们谈的事情确实是同一个：文化与人类的关系。

另外一件与猪合作的表演性装置题为：《熊猫动物园》。

《熊猫动物园》，纽约杰克 · 提尔顿画廊，1998

在我 1993 年四处寻找合适的猪的时候，看到过一种身上黑白相间的新罕布什尔猪，它们一眼看上去很像熊猫，1998 年在纽约 SoHo 区的杰克 · 提尔顿画廊做展览时，我试着把它们“打扮”成熊猫。我给它们戴上熊猫面具，并饲养在一个有竹林、山石和以中国古代山水画为背景的优雅环境中。两只“熊猫”在这个人造自然中生活着。在 SoHo 区的时尚人群中，有两只活猪，真是件稀罕的事。孩子们常来画廊喂它们，它们茁壮成长。两只“熊猫”有时帮助对方摘下面具，回到真实的自己。猪比熊猫聪明百倍，但“社会地位”却低百倍，真的很像人类这个“动物世界”。这件装置像我的其他作品一样，暗示着一个“面具”的概念。

另一个与动物有关的是《在美国养蚕系列》。从1994年至1999年期间的每年夏季，我都要在美国养蚕，与它们共同完成一些作品。其中一组是《蚕书》，其过程是蚕蛾把卵产在事先装订好的空白书页上，这些由蚕卵“印刷”的符号像一种神秘的文字。展览开幕后，蚕卵开始孵化成幼虫，黑色的蚕卵消失，成千上万移动的“黑线”（幼虫）从书页中爬出来，这给观者一种紧张感，这些书出了什么问题？另一组是，在展厅里上百条正在吐丝的蚕，用丝包裹着，如书报、旧照片，甚至工作中的笔记本计算机等物件。随着蚕丝日复一日地加厚，开幕时可读的文字或形象渐渐隐去、消失，到闭展时，它们变得神秘怪异。其中有一件作品题为《蚕的VCR》，一个打开盖子的VCR中，放了一些正在吐丝的蚕。它们在机器之间做茧，VCR仍在工作，联接的电视屏幕中播放的是VCR内部的情况。

这里我想特别谈一下作品《蚕花》。这件装置是1998年在纽约巴德学院策展中心美术馆和纽约P.S.1现代艺术中心完成的。

这件装置的产生，完全是由于制作条件的局限所致。那次展览，我的计划是：布置一个普通的生活空间，里面放满正在吐丝的蚕，展出期间它们在这个空间中到处做茧，出现奇异的感觉。但当时展期是初春，还没有可供养大批蚕的桑叶，策展人为了让桑叶保持新鲜，就把桑枝插在花瓶里，蚕直接放在上面饲养。眼看展览开幕时间要到了，蚕还没有要吐丝的迹象。没办法，急中生智，我在美术馆大厅中央，用新鲜的桑树枝插成一个巨大的花束。开幕式上，几百条蚕在树枝上啃食桑叶，不久，茂盛的桑叶经过啃食只留下枝干。随后，这些蚕陆续在枝干上吐丝做茧，金银色的蚕茧在展出期间，逐渐地布满枝干。这瓶花束由葱绿茂盛变为另外一种艳丽的景观。这件作品以简洁的手法，却包含着深刻的哲学内涵，也实践了我希望用东方思维的方式来处理当代艺术的愿望。事物性质像水一样的不确定，一直是我感兴趣的内容。这时，西方人有点搞不懂中国艺术家的思维路数了。

1998 年，于纽约

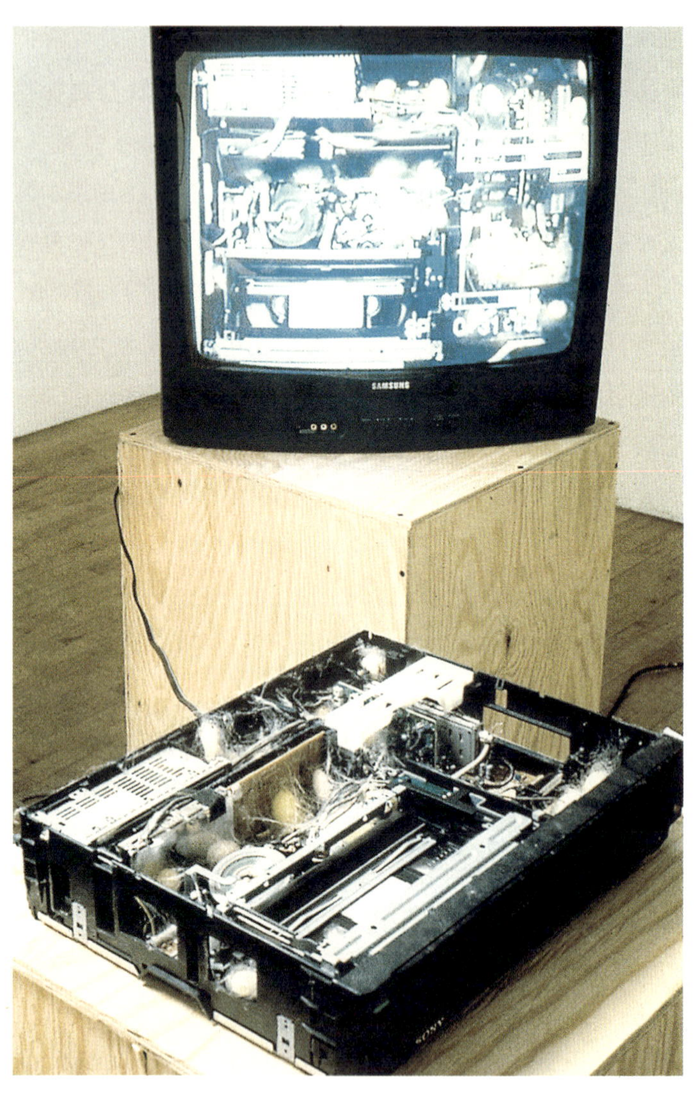

《在美国养蚕系列——蚕的 VCR》，纽约杰克 · 提尔顿画廊，1998

《在美国养蚕系列——蚕书》，丹麦国家美术馆，1994

《在美国养蚕系列——包裹》，波士顿马萨诸塞艺术学院美术馆，1995

《在美国养蚕系列——蚕花》，纽约巴德学院策展中心美术馆，1998

《在美国养蚕系列——蚕花》，纽约巴德学院策展中心美术馆，1998

《英文方块字》

我们先来看看这四个方块字，它们看起来是中文，实际却是英文。第一个字上面部分是 A，下面是 R 和 T，拼出来就是 art；第二个字 F、O、R → for；第三个字中间是 T，两边分别是 H 和 E → the；第四个字，左边是 P，右边从上向下读是 E、O、P、L、E → people。只要按汉字从左到右、从上到下、从外到内的顺序，就可以读出一个英文词来。这是一种戴着面具，经过伪装的文字。它们看上去和中文一样，其内核却与中文毫不相干，是彻头彻尾的英文。我是把中文、英文这两种截然不同的书写体系硬是给弄在一块儿了，就像包办婚姻，不合适也得合适，也像异想天开的配种专家，非要把压根就不是一个基因谱系的物种杂交，弄出一种四不像的新“物种”来。

《英文方块字——Art for the people》，伦敦 V&A 博物馆，1999

《英文方块字》作为一件当代艺术品最初在西方展示时，是以“书法教室”的形式展出的：我将画廊改变成教室，教室里有黑板、教学录像、教学挂图，课桌椅上有教科书，有笔、墨、纸、砚。观众进入一间“中文”书法教室，但参与书写后发现，实际上是在写他们自己的文字——英文，是他们可以读懂的。这时，他们就得到了一种非常特殊的体验，是过去从未有过的。

对汉字文化圈之外的民族来讲，中国书法是一种神秘的、不易进入的艺术。对中国书法的欣赏，长期以来，多是停留在一种抽象画的层面上，因为书法艺术有时要跟文字发生关系。而通过我的这种英文书法，让西方有了一种东方形式的书法文化，因为他们真的是在写自己的书法。我在美国做讲演时，有些人会问我：“你这样做，会不会让中国人不高兴？因为你把中文改成了英文。”我说：“中国人会特别地高兴，因为我把英文改成了中文。”这种字是介于两个概念之间的，哪边都属于又都不属于，人们在书写时真不知道是在写中文还是在写英文。

创作《英文方块字》是从1993年开始的。为什么会有这个想法，写这样的字？我对艺术一直抱着这样一个态度，即你生活在哪儿，就面对哪儿的问题，有问题，就有艺术。英文方块字想法的产生，一定与我当时生活的环境和状态有关。我那时生活在纽约，对一个来自不同文化背景的人来说，实际上是生活在两个文化的中间地带，这地带的问

《英文方块字书法教室》，柏林世界文化宫，1994

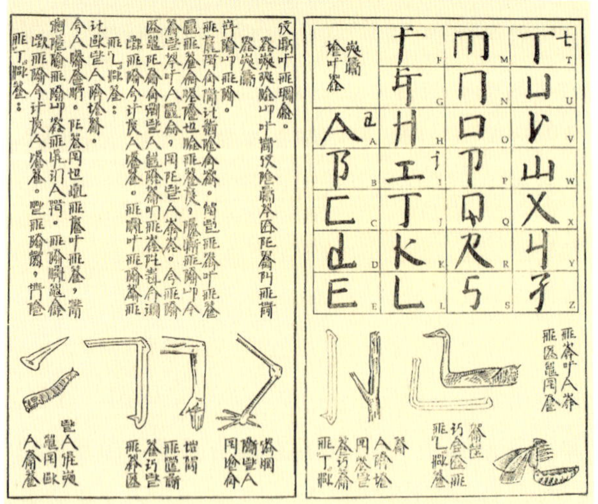

《英文方块字书法入门》对页，1994

题对自己来说是新的，对人类来说也是值得讨论的，因为将会有越来越多的人进入到这个地带，遭遇其中的问题。如果我一直生活在中国大陆，一定不会有这件作品的出现，因为文化间的冲突问题不那么直接，对我也不构成“要命”的问题。我的创作一定会像别的生活在中国大陆的艺术家同行一样，更多关注原发于大陆的另一类问题。我虽然生活在异国，但与那里的艺术家关注的问题也不同，因为我有与他们不同的另一部分背景。艺术家切入的问题，本身不存在重要与不重要之分，不同水平的艺术家，只是在思维的深度与广度上的区别：一个本属于地域性的或个人的问题，却可以是人类共同的问题；一个临时现象的内容，也可被引申成为人类需要长期面对的问题；一个小的课题处理好了，可以给人们带来新的启示。问题是否得以引申，还是只流于地方性或事件上，这取决于艺术家思想的能力与艺术语汇表达的能力。

去美国后，语言与沟通成为生活中直接的问题，它与你的生活形成一种尴尬的关系：你的思维能力是成熟的，而表达能力是幼儿的；中文的情结是根深蒂固的，但要求你必须使用一种你不方便的语言；你是受尊重的艺术家，但在那个语境里，在这一点上可以说是一个“文盲”。我本来就对文字有兴趣，在中国时就做过与汉字有关的创作，去美国后，我一直想，有没有可能用英文做一些东西，也做过很多实验，比如《A, B, C...》和英文版《天

《英文方块字——春江花月夜》，2008

书》等。这些创作有的并不成功，但这些尝试成为我了解不同语言特性的“课程”。对不同语言文字内核的了解帮助我了解文化的不同，这变为我幻想把它们“嫁接”成一体的动力。

有了“英文方块字”的想法后，我开始试着写这种书法。说实话，开始时写的实在见不得人。写不好不是因为我没有书法功底，而是从来没有人写过这种书法，书写时脑子里想着英文字母，同时又顾及中国书法运笔的讲究，真是没有这种用脑和手的经验。但这些不好看的书法却记录了一个人的思维在不同系统之间斗争与调和的过程。

我相信这是一个好的想法，但用这种字来写什么，却让我动了不少脑筋。因为这是一种可阅读的“真文字”，与《天书》里的“伪文字”不同，只要用，必然就要说些什么，这就让作品无形中多了一种“内容”，而多加了内容就必须表达更多的思想。而什么内容那么有必要或适合用这种书法来写呢？最后我决定，用这种字写一本讲如何写这种书法的教科书，题为《英文方块字书法入门》。这思路是无选择之下的最好选择，因为它并没有多加一份无关的内容，同时又深化了这种书法可实用的特性。结果印出了一本竖排版的、内含字帖和外加描红练习本的，看上去彻头彻尾的“中文书法”教科书，但其实这却是一本英文书。书中的字母对照表让我们看到，每一个字母除笔画风格的变化外，并没有那么多的改变，而这一点点的改变，整个世界像是都在改变。这说明，我们的思维是多么局限。

为什么要把这件作品设置成一个观众可参与的教室形式？首先，这是一种对任何人都陌生的文字，我借用了新中国成立初期扫盲补习班的概念，强调了“扫盲”的感觉。其次，教室唤起每个人学习的记忆与愿望。再就是，校正当代艺术枯燥无趣的弊端。

因为对西方当代艺术系统“短兵相接”的参与，我那时已经对那种“假、大、空”的当代艺术很反感，那里头有着太多“深奥无比”、外表吓人的作品。而观众在这样的作品面前，从来都是产生自我愧疚感：艺术永远是高尚的，艺术家是天才，看不懂是自己的问题，不是缺少艺术细胞就是缺少艺术教养。而事实上，不少作品除了奇异的外表之外，真的就再没有什么了。

这种艺术不能让我满意。我希望我的作品是平易近人的，是欢迎观众进来的，但又并非仅此而已，当观众进入以后，他们会感受到，原来这件作品是与众不同的，对人的思维是有启发的。

这个教室先后在世界上四五十个地方展示过，所到之处都有好的反响，特别是展示后的连带现象很有意思。展览后，不少当地的学校向我们购买《英文方块字书法入门》教科书，他们希望在学校开这门课。他们认为这个教室能

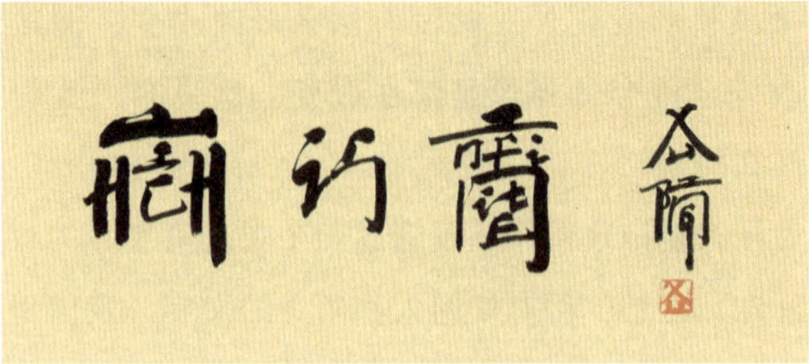

《英文方块字——Which Is Infinite》，2012

让年轻学生进入一种新的文化语境，扩展他们的思维。我在日本福冈教授中学生写这种书法，课后老师让学生谈今天上课的体会。日本孩子说得很好，一个孩子说："从今天起，我知道了，可以从一个新的角度去看过去我所学到的知识。"确实，我们有英文的概念和知识，英文是线性书写的拼音文字；我们也有中文的概念和知识，中文是由象形演变而成的方块形式的文字。而面对英文方块字书法，我们现有的知识概念却不工作，我们必须找到一个新的概念的支撑点，或回到思维认知的原点。

这件作品的起因也许是语言及文化的错位，但事实上，我真正要说的事情并非只是文化交流、沟通、东西合璧这等问题。我真正的兴趣是通过作品向人们提示一种新的认知角度，对人的固有思维习惯有所改变。

上边这幅作品是我为一个朋友作的题字——Which Is Infinite（无限）。右边是我的签名（Xu Bing）和印章

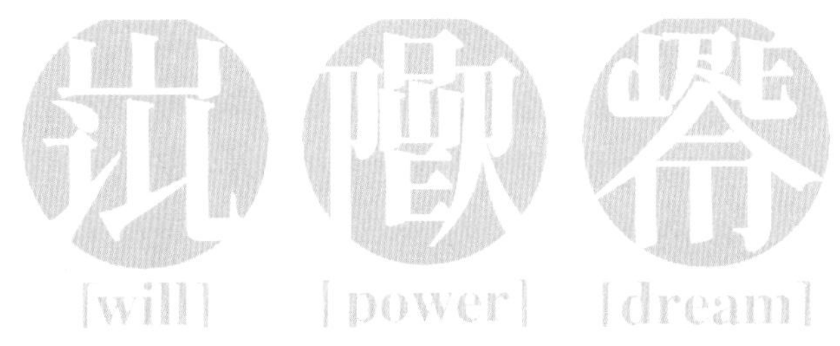

《英文方块字——Will, Power, Dream》，2009

（Xu）。其实，书法题字作为艺术这个概念在西方过去是不明确的，而属于一种东方国度的传统，但通过这样的书法，题字这种书法文化形式来到了西方拼音文字的体系中。

这套书写系统形成后，很多人、机构请我用这种书法为他们题字。比如这几个字是奔驰公司与“现代传媒”请我设计的一个奖项的关键词，Will, Power, Dream，是宋体风格。

去年，我收到澳大利亚教育部的一封信，他们希望得到我的授权，将“英文方块字”放入澳大利亚新设定的“智商测定系统”中。据说，中文阅读与英文阅读所使用大脑的部位是不同的。也有国际上的一些思维或脑科学实验室用“英文方块字”作为实验内容。人类已形成的生理思维系统，面对这种“概念混淆”的书写时，是怎样工作的？有位东南亚的老板对我说：他们公司在面试新员工时将“英文方块字”给受招人员看，从而可以了解此人的思维转换水平，甚至他的幽默感。

艺术的新鲜血液经常是来自艺术系统之外，反过来又回馈于社会。“英文方块字”的实用性和在艺术之外的可繁殖性，是我很喜欢的部分。

1994年初稿，2002年补充材料完稿

《魔毯》

这里想说说《魔毯》的三个版本。

策展人南条史生先生邀请我参加首届新加坡艺术双年展。展览的题目是“信仰”，这个主题是好的，今天的人特别需要重新思考这些最基本的命题。我们选定新加坡的观音堂佛祖庙作为展场，计划制作一块巨大的地毯为该寺庙使用。

《魔毯》选择了四段不同的文本，包括佛教禅宗、诺斯替主义（它是融合多种信仰的神智学和哲学的教派统称，被视为早期基督教会的解码）、《塔木德》（犹太教法典）的章节以及马克思《雇佣劳动与资本》中的一段，用正读、反读、回旋读、间隔读等方式组合成一块文字的魔阵，随颜色的引导，可以读出不同宗教和理论典籍的段落、词组

《魔毯》设计稿，2006

《魔毯》版本 3，2006

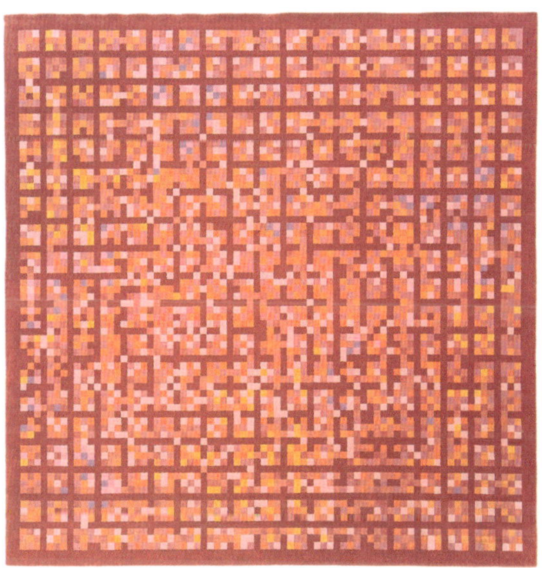

《魔毯》版本 2，2006

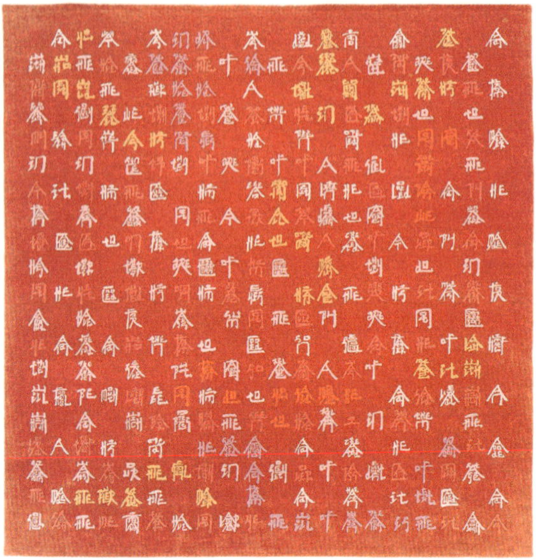

《魔毯》版本 1，2006

或诗句。这个想法是受到前秦才女苏蕙《璇玑图》的启发。《璇玑图》是一块八寸见方的文字织锦，字字相扣，句句回文，竟可以读出两百余首诗句来。《璇玑图》在正统文艺史上的地位并不高，我想是由于它太奇特和太“超前”，而无法镶入文学正史脉络。为了符合佛教不能使用黑、灰、白三色的习惯，结果，这块地毯的颜色有些中国式艳俗和美国式芭比娃娃颜色的效果。

我们开始在工厂赶制，作品完成了。但遇到的问题是：佛教的经文是不能被踩在脚下的，所以这块完成的地毯不能在寺庙里使用，展方建议，将地毯移到美术馆展出，请我为寺院另外制作一块。

创作过程中的限制有时会逼出有意思的想法来。我想到，将已做好的地毯上的文字，处理成马赛克的效果（pixelated），文字消失了，即可以在寺庙使用了。这块变为马赛克图形的地毯与美术馆那块字毯相呼应，形成一件新作品，我倒觉得构思不错。工厂又开始赶制第二块，但不久又接到南条先生的信，信上说：

> 我看到了你的设计图，但不能给寺院看，如果给他们看，有一点像是在显示受到了他们审查的感觉。他们是特别喜欢你作品的、虔诚的普通人，他们由于迷上了你的文字而期待着你的作品。我们不能以不接受艺术、其他宗教、马克思主义或任何别的什么来指责他们。他们不是有政治权势的人，所以你是否可以重新考虑制作另一个版本。

我为南条先生对宗教、对人的尊重和细心所感动。

我开始设计第三个版本，用大写的“英文方块字”书写了“BELIEF”，如果只读浅黄色字母则是“LIFE”，作品用字母的游戏暗示了信仰与生命的联系。几天前，这块地毯终于被铺陈在新加坡的观音堂佛祖庙的中央。

上个星期我去香港讲演，感觉到圈内人和媒体在议论

尋聲救苦大地遍作渡人舟

《魔毯》，新加坡双年展，观音堂佛祖庙，2006

这件作品的曲折。在讲演中，有人问道：“《魔毯》这件作品与你过去的作品不同，有一种步步退让和屈从的感觉。”我说：“我的艺术不屈从政治权势，但我希望我的艺术尊重和屈从普通人的信仰、习俗、愿望。艺术也是一种信仰，现代艺术一味地‘反叛习惯’，反映出不包容的狭隘，这是一种保守的态度。”

2006 年 10 月 22 日

《文字写生系列》

1999年，我开始用文字画“写生”，由此有关象形文字方面的思维活跃起来。我发现，从此处入手可以触到写汉字的中国人文化本源的部分，并把许多纠结已久的疑问打通，弄清一些问题。中国人的性格、思维、看事情的方法，审美态度和艺术的核心部分甚至生理节奏，以及中国为什么是今天这个样子，几乎所有方面，其实都与“汉字的方式”有关。

1999年的尼泊尔之行让我又重新拿起“写生本”做写生。这些画可是真正的“写生”，因为它们是用文字写出来的。我坐在山上，面对真的山写“山”（也是画山，中国人写山与画山是一回事），在有河水的地方写“水”。云在移位，山色变化，风吹草动，生灵出没。我兴奋地记

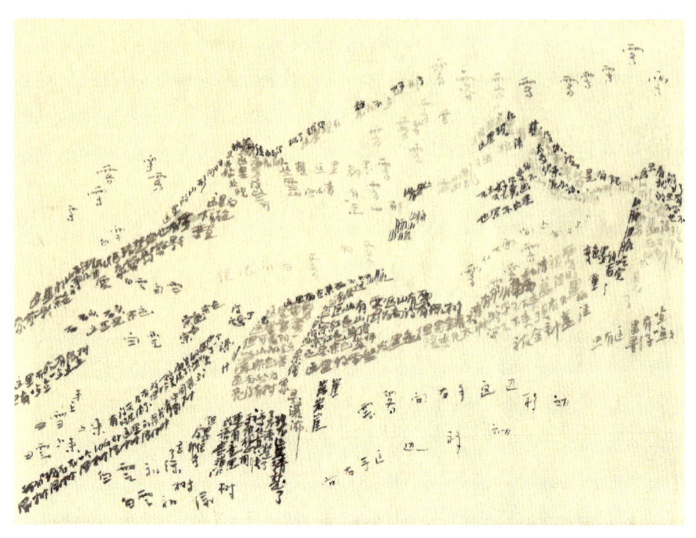

《喜马拉雅山文字写生》，尼泊尔，1999

录它们。此时，文字与笔触是被动的，但这被动地跟着跑，却让我开始懂得了动词的“书”是怎么回事。这时，我可以把书法和绘画史上有关风格和笔法的讨论统统忘掉，完全让位于此刻的感受。我感觉，我似乎摸到了一种东西，回到了事情的原点，触碰到我们文化中最核心，也是最特殊的那一部分。我们谈到动词的“书”，如果“书写”作为“记账”这类功用目的的动作，书写即作为工具，只有钝器与锐器之别。但一旦掺进了别的目的：书法的“法”或艺术的“艺”，事情就变得复杂起来，充满了文化、历史、风格，这些属于“学问”的范畴。坐在山

《文字写生》，2013

上，感到最大的问题是：我的书写总是带着书法的“法”，不是颜真卿就是曹全碑的干扰。你想想，你面对着鲜活的山，却总带着颜真卿的“法”多难受。其实，最好的状态是，你像是从来不知有“书法”这回事，坦然对着真山来写这个“山”字。我认为：好的字应该是写到没有任何他人痕迹的时候才叫好，这是很有本事的人才能做到的，可书法界讲究字写得要有古意、要有来源、要有依据才好（但现在看来这应该是对学习阶段的要求）。上面一段，抒发一下我当时的心情，涉及的其实是中国艺术核心的课题。

“书画同源”的道理谁都懂，但多是从笔法风格上谈两者的关系，而我在这两者之间体会到的却是符号学上的联系。我用文字组成山水画：一座山、一片水、一棵树。我发现，这些字符连起来就是一片皴法或点法。这和《芥子园画传》上的“竹个点”“松柏点”等类同。我在谈《芥子园山水卷》创作时曾谈道：在我看来《芥子园画传》就是一本字典，都是从名家画作里整理出来的“偏旁部首”，学生学画如学写字，死记硬背，熟记在心。之后，即可用这些符号去“写”世间万物，心中万物。万物皆可归为各种符号，就像汉字记述世界万象的方法一样，这是中国文化的特征。所以，传统中国绘画讲临摹，不讲写生，就是因为皴法、点法都是字符，字符是靠记的。我们的文化是沿着这么一个线索传下来的。

下面再从汉字写作与水墨画和符号的关系上谈一点。汉字写作如何用字与水墨画的皴法、点法类似，这在古本戏文里最明显，对我而言这也是传统戏剧的魅力所在，享受唱词中字与字营造出的美感。一段唱词下来，句中只有三五字是描述用的实字，大部分则是虚字，起渲染气氛、调节意味的作用。这些字不表示具体的内容，更多是字“面”的信息，类似于水墨画中渲染气氛的留白和苔点，与所画内容综合成意境。汉字写作有很多渲染的方法，文字的“意”和“韵”之外还可加上“形”，为营造气氛造势，如读“日、月、云、山”这些字时，字形所补充的那部分意境也在起作用，这是拼音文字没有的，是汉字营造气氛的独有手法。文字的功夫可以说是“码字”的技术，每一个字、词是一个意境场，它与另一个意境场组合，又构成新的意境场，写作是搭配这些意境场的技术，这和国画中使用程序化的皴法、点法调节出意境的效果是一样的。中国传统文学的“码字”法与拼音文字不同，却与中国水墨画笔法一脉相承，因为中国人写字画画本来就是同一个动作。

人类早期使用图形或符号记事。其实许多文字都源于象形，但由于大部分语系都为屈折语与黏着语，从而发展成拼音文字。而汉语是少有的单音节发音，所以汉文字成为保存至今，并且稀有的、以“形”对位“音”的文字，这也是汉语文化圈文化特性的来源。

可以说，中国人的文化方式与象形文字的源起及演变过程有极大关系。为什么这么说？比如，中文的阅读与英文有许多不同之处。虽然汉字已经从象形演变成了表意的现代汉字，但核心部分的图像逻辑依然存在，并与平日的阅读、思维、观看构成一种奇妙的关系。几千年阅读经验的不同，必然出现思想方法、认知角度的不同。中国建筑、家具设计结构那么特别，简约又细腻，这一定与我们长期研习汉字结构有关。再说中国窗户的设计，到底是中国窗花造型影响了“窗”这个字的形成呢，还是“窗”这个字影响了中国窗花的设计呢？我想一定是互为作用的。中国人对结构的理解有自己的一套，因为有自己的一套文字体系。每一个接受教育的人都要花上几年时间牢记几千个字形，每写一个字，就完成了一张结构图，就画了一幅小画。祖祖辈辈几千年，中国人画了多少幅画，读了多少幅图，怎么能没有影响？再比如，每一个汉字都是一个故事，甚至是有情节的故事，这故事是由几个小符号（偏旁部首）所构成。比如“寒”字，“寒”讲的是：很冷的天气里，一个人蜷缩在家中，包裹着草，地上都是冰。读一个“寒”字其中就有这么多信息。另外，中国人对关系的把握也有自己的一套，因为汉字有自己的一套间架、笔顺体系。写汉字讲笔笔相生，每一笔根据前一笔的位置定酌，最后一笔是关键，调整全字的缺陷与平衡，有扭转乾坤的作用。字的间架结构简直就是一种哲学，这哲学潜移默化地被使用在生活中。我的一位西方朋友二十世纪八十年代来中国，他最搞不懂的是：从不同方向来的两大群自行车，在没有指挥的情况下，在“乱成一团”之后，各走各的方向。中国人善于在实时的条件下对问题做出判断，这奇妙的“运行法”与调配了一辈子笔画关系的经验，一定有关。因为汉字笔画、间架搭配的高境界即是“相安无事”“化险为夷”。

当然人们会反问：从前中国大部分都是文盲，他们的性格从何而来？这真是好问题。回答前我首先想：仓颉是不是文盲？按理说是，由文盲创造了文字，从而字中自带着民族天然性格与方法。“学而优则仕”，对“仕”的敬畏反映在对“知书达理”者的尊敬，以读书人为楷模。文化特性就是这样被巩固和传递的。

我创作是我思考问题的手段：中国书法是怎么回事？中国艺术的实质是什么？这个文化的根本处在哪儿？中国人的性格为什么是这样子？我通过象形文字的线索，弄清了许多。

中国文人都以艺术中的诗、书、画、印为一体而自豪，我的这些文字写生，结果是把这几者真的融合为了一体。你可以称它们为书法，也可称为绘画，又可称为一篇文章。在中国文化中笔墨和书写真的是可以游戏的。

我在汉字象形性的基础上，还发展出一些装置作品，其中有一件叫《鸟飞了》。这件作品由五百多个不同书体制成的“鸟”字组成。展厅地面上有一篇文字，取自字典上关于“鸟”的解释，是这样写的：“鸟 niǎo，脊椎动物的一类，温血卵生，用肺呼吸，全身有羽毛，后肢能行走，　般前肢变为翅，能飞。”（我想，鸟们是不会喜欢这样的对它们的描述的，它们一定想离开它，回到自然中去。）以这篇文字为起点，“鸟”字开始飞起来，从简体印刷体向繁体印刷体、楷书、隶书、小篆一路演变，最后追溯到远古象形文字的“鸟”，成群地飞向窗外。这件装置引导观众在文字、概念、符号及形象之间展开思维运动的空间。《鸟飞了》用中文的象形性与自然的关系，跟西方观念艺术的代表作——

《鸟飞了》，纽约摩根图书馆·美术馆，2011

约瑟夫·科苏斯[1]的《一把和三把椅子》(One and Three Chairs)，形成一种有趣的对比。在科苏斯的作品中，真实的椅子、照片的椅子和英文解释椅子的文字，一字排开地对比——也只能形成这种对比，因为英文与所表达的物象间没有视觉上的直接联系。但是在汉字中，“鸟”字与鸟的造型在视觉上，是分界不明的关系，不知道在哪儿就被转换了。这个比对让我们看到，不同文化在基因上的区别。

另外一件装置叫《文字的花园》，是由上千个塑料的象形文字，等，在视线上与窗外的风景衔接，描绘出美术馆窗外的风景。展厅中仍然挂着美术馆的油画展品，我用文字将画面内容延伸出画框，画中的鸟变为一串象形文字的鸟，从画面中飞出来。观众在这个五彩的文字花园中漫步，试读着这些谁都能认识的文字。我那时的作品开始表现出较强的由观者参与和体验的倾向。很多家长带着孩子来到展厅“看图识字”。为此，我特意在展厅墙上做了一张英文与中文象形字对照表。家长问孩子：“水在哪儿？”孩子就在“花园”里去找。他们能找到，因为“水”就是水的形象，并在湖水的位置上，而“草”这个字就长在草地的位置上……这时的中文变得很简单，已不再是一

1 约瑟夫·科苏斯(Joseph Kosuth)，美国当代艺术家，是世界上最著名的观念艺术家之一。《一把和三把椅子》是他最知名的作品。

《文字的花园》，美国北卡罗来纳美术馆，2001

种需要学习才能掌握的文字了，文字符号又回到了与自然关系的原点上，在这原点上，是超越语种界限的。

别人都说我是搞当代艺术的，其实我琢磨的事多是陈旧的东西。这些“旧”里面藏着最本质的东西。那些被说烦了的老话，总是有道理和有用的，有时会变为最新的东西。

2002年初

《烟草计划》

《烟草计划》使用与烟草有关的材料，构成了一个难以界定属于社会学还是艺术的延伸项目。它包括《烟草计划Ⅰ：杜伦》《烟草计划Ⅱ：上海》《烟草计划Ⅲ：弗吉尼亚》——这些与烟草有着千丝万缕联系的城市。

1999年我去杜克大学讲演，一进入杜伦城就能感觉到空气里烟草的味道。朋友介绍说：杜克家族是靠烟草起家的，所以这个城市也叫“烟草城”，又因为杜克大学的医疗中心在治疗癌症方面很强，这个城市又被叫作“医疗城”。在这里，烟草与文化之间是一种多有意思的关系，我开始想也许能用烟草做作品。

我有一个爱好，到哪儿都喜欢参观当地的工厂，那些“聪明”的机器比装置艺术更像艺术。参观了卷烟厂，我被制烟材料的精美所吸引，这么精美的材料，使我对材料这部分的思维变得敏感又活跃。我决定以这些烟草材料为限定，做一个项目。杜克大学的斯坦利·阿贝（Stanley Abe）教授很支持这个想法。我开始收集和研究材料，走访有关人士。在杜克大学图书馆的大量数据中，我了解到杜克家族与中国在历史上的联系，是他们最早把卷烟技术带到上海的。我那时就想，将来再把这个计划搬到上海去做。四年后在巫鸿教授的策划下实现了《烟草计划Ⅱ：上海》。我根据上海的材料及场地补充了新的作品，使这个计划增加了历史、地域和现实的维度。

2005年，我参观了美国朋友Kurolan和Rena夫妇收藏的烟斗，并开始了解弗吉尼亚烟草的历史。在这里，烟草与早期移民及美洲大陆的历史密切相关，现在是“万宝路”的生产中心。在Kurolan和Rena的促成下，于2011年实现了《烟草计划Ⅲ：弗吉尼亚》，对烟与人类社会的关系作了更深入的探讨。

让我们分析一下将烟草作为限定材料的问题：

当我在卷烟厂看到那些精美的制烟材料时，我想，这些“物质”不应该被烧掉，它们可以用在其他的地方——比如艺术。对某种材料的感受，经常成为产生创作想法的起因，这是艺术家与作品之间最合理的关系。接下来我必须想清楚的是为什么使用和如何使用这些材料的问题。首先，我把此项目的材料限定在烟草材料内，这是由于我知道，烟的领域将是一个丰富得有可能让你无从下手的题材，选择性尤为重要，而首先的选择就是给自己选择限定。烟作为材料将是有效果的，因为在一般概念中，烟是坏东西，而艺术是好东西，人类对二者都有依赖性，将两者合为一体，将产生一种新的作用力。烟，渗透在生活中，人们对烟是熟悉的，认识是固定的。很少有人从另一个角度去看它、使用它。当我试着换一个视角对待它，并将它放在另一领域里时，我发觉它即是一种全新的事物。

当我与烟草材料近距离接触时，我意识到，不应该给它们再赋予更多的人为评判了，它们已经承载着过多的社会内容。我不希望我的工作也只是加入到宣传戒烟的行列中，这事不需要我去费力，因为它已经是人们都清楚的事情了。我的工作价值来自对烟草不带主观判断的切入——把它们看成无属性的材料，放回到它们本来的位置上，只是与它们做私密的对话与交流。这时思维的触角才可以无限展开，才能看到难得的部分。要是总带着道德和利害关系的评判，就看不到其真实的部分。在这里艺术作品与社会内容的相关性，其实是不需要艺术家去担心的，更何况是烟草这种材料，它自己就把这种关系先搞定了。艺术家的判断，是由“手工”的动作自然体现的。我知道我的任务就是像抽烟的人一样，尽兴地享用，无须考虑得太多，考虑多了，抽起烟来就没有味道。

烟草具有很强的渗透性，它无孔不入，终为灰烬，与周围世界、与每个人都有着各种方式的瓜葛——经济、文化、历史、法律、道德、信仰、时尚、生存空间、个人利益，等等。不仅制烟材料本身丰富，与它相关联的数据更为丰富且层出不穷，这使我们无法计划得周全。创作的过程，就像潘多拉盒子被不断地打开。比如说，在《烟草计划Ⅰ：杜伦》制作时的1999年至2000年期间，由于几年前（1997年）烟草公司调整尼古丁含量而引起的烟草诉讼案正值高潮。烟草公司145个亿的赔款，改变了美国烟草业的经济位置，也影响到资助此计划的卷烟厂与我们的合作方式。2004年，在我为此项目飞往上海的前一天得知："555"准备在中国济南建立世界上第二大烟草生产基地，项目经过二十多年的谈判获得了中国政府的批准。但同时又有消息说：中国政府否认此事。（"555"是英美烟公司的牌子，"杜克"是其前身。）由于烟草业在西方"第一世界"发展得艰难，加上中国劳力市场的廉价和开放，西方烟草业选择市场转移，真像是百年前情形的重演。

在上海，由于国家对烟草的控制，材料的获取比四年前在美国要困难。而几年后的今天，我参观"万宝路"巨大的生产基地时，经历了比进入白宫还要严格的安检。公司与我们的项目完全不想有任何瓜葛——以"我们甚至都不想知道"的态度。但与此同时，烟农与制烟工人对烟草虔诚的敬重情结，让我进一步感到烟与人类社会的"别扭"关系。

《烟草计划》除了“烟草”作为主线外，作品与作品之间没有任何风格的考虑与联系，有些小巧精致得像“珠宝”，有些占据着巨大的空间，让人抓不住艺术的范围和形式。而整体计划的语义，在众多作品的相互衬托与“提问”中产生，带着观者的思绪走得更远。在这里，烟草意义的“含混不确定”、材料的多义性，被转化为一种明确、丰富的语言，这成为此计划艺术语言的特征。

对材料的充分使用，还体现在对特定环境的利用上。在《烟草计划Ⅰ：杜伦》中，我有意将整个计划渗透到城市的各个角落，以及居民的内心记忆中。因为这城市的每个家庭或每个人几乎都与烟草有关联。比如在杜克大学图书馆，我开辟了一个“图书室”，摆放了我用制烟材料做的各种怪异的读物。在《烟草计划Ⅲ：弗吉尼亚》中，我们使用的弗吉尼亚美术馆的展厅，正是以“万宝路”上属公司冠名的。最典型的是《烟草计划Ⅱ：上海》对上海外滩三号画廊的使用。此画廊是海外在华经营的机构，它是那时期以文化为名的上海最奢华的商业空间。这种外资的运转策略，完全可以用百年前“杜克”烟草业在中国的广告词——“文明、时尚、卫生、新生活方式”的推广理念来概括，与早期烟草业投资者一样，赚的是中国人买“新生活方式”的钱。

外滩三号画廊展厅巨大的窗子，正对着象征经济起飞的浦东开发区，其中的陆家嘴，正是百年前“杜克”英美

《烟草计划——历史的重影》，上海，2004

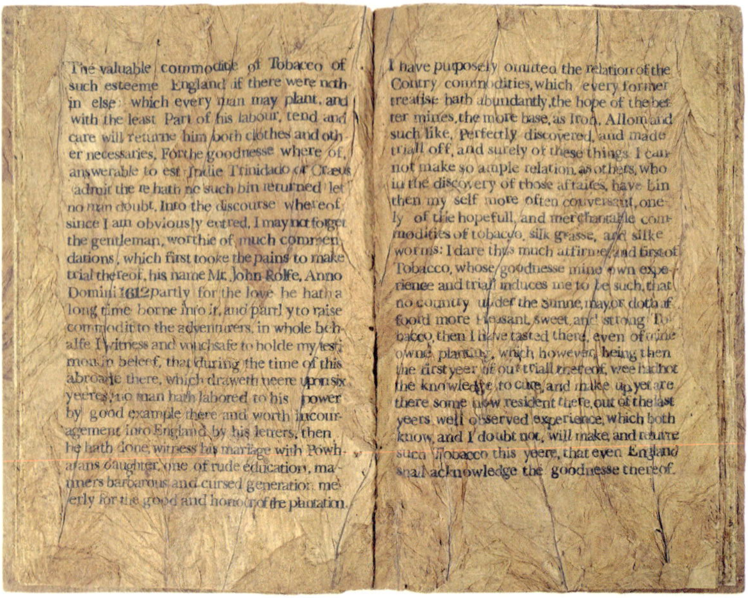

《烟草计划——黄金叶书》英文版本，美国弗吉尼亚美术馆，2011

烟公司的生产基地。我利用了这个绝好的场地，将此地旧时的照片组成一幅长卷，以素描手绘形式绘制在大玻璃窗及墙面上。此时，旧日的景象与鲜活的现实场景重叠。手绘的效果造成一种深刻的追踪与回溯之感。

那么，这个庞大的计划最终要告诉人们什么呢？

我感兴趣的是：通过探讨人与烟草漫长且纠缠不清的关系，反省人类自身的问题和弱点。从历史上看，烟草与人类的关系时远时近，在某些时代它被视为好东西，男女老少皆用烟，而现在可以说是人类禁烟的高峰期。一个烟盒的设计，就能表明产烟、推销、禁烟合一的矛盾行为。人都知道烟有害，但又离不开它。这种纠结就像情人的关系，近了，远了都不行。烟草把人天性中“无可奈何的部分”揭示了出来。烟对人生理的害处和人从烟雾缭绕中所获得的无限性的东西，其实很难做出判断。

介绍几件作品：

《烟草计划——黄金叶书》

烟草行业的人习惯称烟叶为“黄金叶”。这是一本由“黄金叶”做纸的大书，印有一段故事，讲的是杜克家族是如何将香烟引入中国的：

碎片烟书，美国西雅图美术馆，2022

杜克得知卷烟机发明后的第一句话就是："给我拿地图来。"当他们把地图拿来后，他翻看着，却不是在看地图，而是看地图下面的说明，直到他发现了那传奇般的数字，人口：4.3 亿。他说："那儿就是我们要去推销香烟的地方。""那儿"就是指中国。[1]

从此，开始了一段以烟草为轴心的资本及文化战争的精彩历史。杜克派年轻的员工去中国推广种烟和卷烟技术，会说中文的员工，工资加倍。把卷烟作为一种"文明"传到中国，真有点像早期的传教士（此前中国人只是用烟斗）。另外值得一提的是：我在这本书中放入了很多烟叶虫，展览期间任由它们把书页吃成一堆碎片。

《烟草计划——台历》

这件作品与我家庭的历史有关。我父亲是吸烟者，1989 年因肺癌去世。我在开始《烟草计划》时就想到去找回他去世前的病历。这份医疗档案是医生和护士的日志，

1 高家龙（Sherman Cochran）《中国的大商业：烟草业的中外竞争，1890—1930》（*Big Business in China: Sino-Foreign Rivalry in the Cigarette Industry*, 1890-1930），哈佛大学出版社，1980 年。

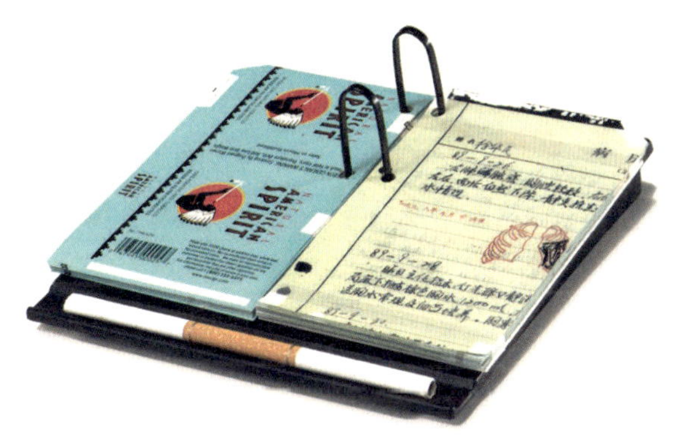

《烟草计划——台历》，美国杜克大学图书馆，2000

第一页是病人的吸烟史，中间是病情发展、治疗措施、用药效果记录，最后一页是几年、几月、几日、几时、几分，何原因死亡的记录。台历是用“American Spirit”（美国精神）牌烟盒纸制成，一面是包装纸图案，另一面是病案记录。

《烟草计划——清明上河图卷》

一幅展开的《清明上河图》长卷，上面放着一条八米长点燃的香烟，在画面上燃过，留下一条痕迹。这幅宋画描绘了传统民间生活和中国资本主义萌芽的景象。长河给人一种时间感。点燃着的烟不动声色，燃得很慢，让人感到不安。它燃过了就过了，就像一个人吸一支烟，如同过了一辈子。烟的虚无是一种宿命。这件作品在杜伦展出时，由于吸烟法规，一半在室内，一半在室外，只燃烧了室外的一段，另一段是在上海继续燃完的。

《烟草计划——荣华富贵》

这张巨大的虎皮地毯是由六十六万支香烟插成的。虎皮有特别的象征意义，殖民者到非洲、亚洲打猎，最典型的纪念照就是前面铺着一张虎皮地毯，旁边站着两个原住民。这就是“虎皮”意象在这个语境里的特定信息，也丰富了“烟草计划”中的隐喻。这张“地毯”舒服得让人很想躺上去，纸醉金迷，有一种新兴资本主义的霸气和对金钱、权势的欲望，很像今日中国的某种感觉。这件作品是在《烟草计划Ⅱ：上海》时得到的灵感。作品题目《荣华富贵》，缘于所用的“荣华富贵”牌香烟。这牌子的香烟一元人民币一包。有意思的是，在弗吉尼亚制作这件作品使用的烟是“First Class”（一等阶级），一美元一包，也是最便宜的。这件作品最特殊的部分是“味道”。巨大的地毯弥漫着浓重的烟草味道，这作为一种“艺术语言”是有效的。在习惯的认识中，人类有视觉艺术和听觉艺术，但却没有

《烟草计划——清明上河图》，美国弗吉尼亚美术馆，2011

《烟草计划——荣华富贵》，美国弗吉尼亚美术馆，2011

意识到“嗅觉艺术”（也许香水工业就是嗅觉艺术）。在日本，很早就有闻香木的传统，这属于一种“道”。有一次在韩国一位朋友问我：“你有没有发觉，每个城市空气的味道都不一样。”这句话让我很受启发，是这样，纽约有纽约的味道，北京有北京的味道。这说明嗅觉是有文化记忆的，即是可用来表达的。

《烟草计划——烟发明》

这件装置最终实现了我在杜伦没有充分实现的想法。在上海我们找到了一个旧时的烟草货栈，制造了一个巨大的室内云海般的奇幻装置。冷白色的霓虹灯文字，来源于旧时英美烟公司的广告词：“烟发明。又为最便利最满意之方法……整齐，纯洁，最有合于卫生者也。”舞台用的干冰之雾将这些文字覆盖，透出奇异的光。烟雾将历史的遗迹“洗刷”得“空无”，此时，其他部分则显露出更强的历史感。

《烟草计划——中谶》

这件作品是整个《烟草计划》中最不像艺术的一件，它由箭头连接的六份与烟草有关的文本构成。第一份是百

《烟草计划——烟发明》，上海，2004

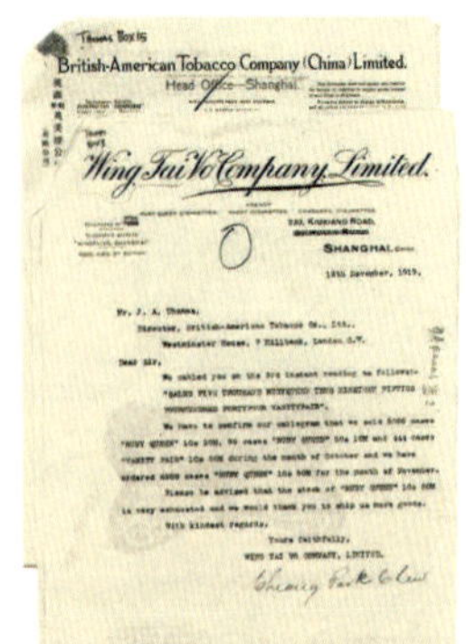

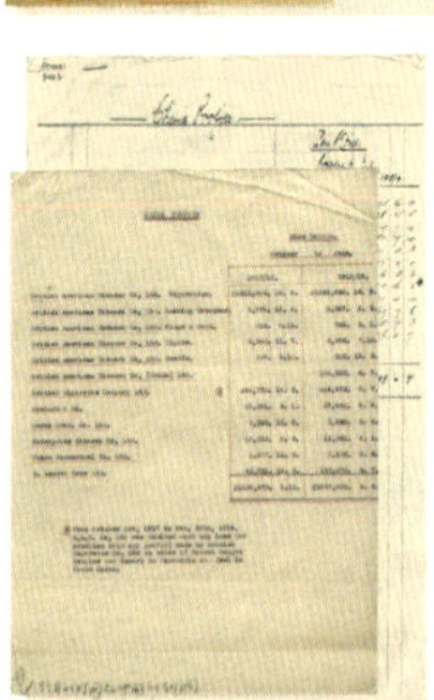

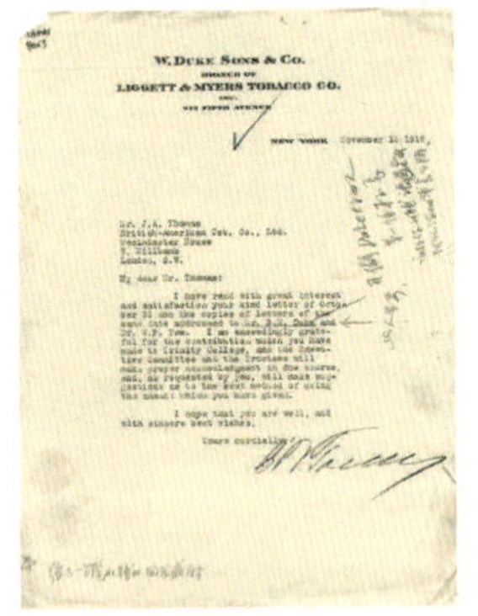

《烟草计划——中谶》，上海，2004

年前英美烟公司在华投资及商业活动文件。第二份是英美烟公司在华销售卷烟的报表，文件中显示1919年10月时一个月内在上海售烟的惊人数量。第三份是英美烟公司从1918年10月至1919年6月在华盈利记录。第四份是英美烟公司把部分在华盈利转到美国，资助三一学院（杜克大学前身）的文件。第五份是1998年7月，杜克大学邀请并资助我，实行《烟草计划Ⅰ：杜伦》的预算书和付款存根。第六份是2004年8月，美国博物馆收藏《烟草计划Ⅰ：杜伦》中部分作品的付款支票——一个百年谶语。这件作品对整个计划起着画龙点睛的作用。

《烟草计划——脊骨》

这是为《烟草计划Ⅲ：弗吉尼亚》专门制作的。在对弗吉尼亚烟草历史进行研究时，有两件事给我启示：一是早期英国移民者约翰·拉尔夫[1]其人的事迹。二是旧时代弗吉尼亚烟草品牌的设计样稿。我把这些设计样稿交给作家芮内·巴瑟尔[2]，请他用这些“品牌名”作一首诗，随后我

1 约翰·拉尔夫（John Rolfe），北美早期英国殖民者之一。1611年，他在弗吉尼亚殖民地首次成功种植出烟草，作为可出口的经济作物。

2 芮内·巴瑟尔（René Balcer），美国著名剧作家、电视制作人，热播剧《法律与秩序》首席作者。

用卷烟纸和这些设计样稿为材料，制作了一本特别的诗集，以此向约翰·拉尔夫致意。

诗集前言有如下内容：

1607—1609年间，英国派遣了644人来美洲冒险。这时期移民在这里的平均寿命为六个月，他们死于疾病、严寒、饥饿或者与印第安人的冲突，从而在这之后不到一年的时间内只剩下了60人。拉尔夫是幸存者之一。

这是英国第三次的移民行动，注定要遭受前两次全体覆没的厄运。但事情到了1612年，由于约翰·拉尔夫这个人，情况发生了扭转，也让英国乃至人类历史发生了改变。

这一年，拉尔夫在弗吉尼亚种下了一些他从千里达岛带回的烟草种子。两年后，他看到一位印第安公主裸露着身体穿过破败的詹姆斯村街道时，他爱上了她，日后娶她为妻。在移民者相继死去的时刻，拉尔夫在向他的印第安亲戚学习种植烟草的技术。终于，他培育出了一种独特的弗吉尼亚烟草，并以其独有的质量占据了英国市场。

1616年，拉尔夫带着他美丽的妻子和一船黄金般的烟草来到伦敦，这两样新世界的产物吸引了公众的注意。不幸的是，这位印第安公主在异地他乡染病而亡。拉尔夫将她葬在格雷夫后，带着大把的钱和货物只身回到美洲。拉尔夫的经历让移民的命运得到了快速而永恒的转变。

拉尔夫的另一个举动是：在1619年他引入了烟草历史上最重要的概念——品牌。他将自己培育的烟草命名为“奥列诺科”（Orinoco），这个词让人想到“黄金国”的神话。这种烟散发着特有的柔和的清香，就像当时的一位诗人所描述的：“比最美丽少女的呼吸还要香甜。”弗吉尼亚烟草的质量被“奥列诺科”几个字完美表达。拉尔夫就像给孩子起名一样，为烟草起了个名字，但这小小的一步却使“烟草”具备了不凡的身份。

我不曾了解约翰·拉尔夫其人，有关他的信息仅来自这次弗吉尼亚之行的随身读物：伊恩·盖特莱（Iain Gately）的著作《尼古丁女郎：烟草的文化史》。我欣赏拉尔夫这个人面对世界的态度和他做事的质量。

这本册子中的图案可以说是“奥列诺科”概念的“繁衍”，从品牌取名到设计都反映出当时的人们，像期待孩子、信物般地，把未来寄托于精心生产的烟草之中。

烟草这个与人类纠缠不清的物种，无疑带动了人类社会、经济、贸易多面的发展。作为视觉艺术工作者，我也能看到它们在广告业、视觉传达和字体使用上的有效性等诸多方面的提升——这些在烟草本来的功用目的之外的贡献。

《烟草计划》是从对烟叶味道、制烟材料的兴趣开始的，结果却发展出一个庞大的、生长的，介于艺术与历史、社会研究之间的，或者说是用艺术的方式探讨社会学问题，用社会学的方法引入艺术创作的活动。艺术的发生和结果有时就是这么回事，某些人对某件事物的敏感而导致的对旧有艺术方法的改变。

2011 年 5 月 8 日

BACKBONE

Free Verse by Rene Balcer

Oh my black satin dew drop.
Oh my black swan queen of the east.
Ub the jewel of ophir.
Ub pure cream sterling virue.
Ub rough & ready pilgrim.

Oh my Lucille, Aldine, Dahlia.
Oh my little Nell, little Flora.
Spot, grab, snap, chuck your pick!
Cameo gold leaf! Cream of Virginia twist!
Sweet chew! Best navy!
Half acre!
Full weight!
Oh my hard pressed backbone!
Oh my sun-cured sweet pea!
Catch on! Bang up! Quick step! Got it!
Twilight...
Rock & Rye... Good joke...
Happy man... New life.
All OK.

Oh my blackberry princess.
Oh my deep custard pie.
Oh my honey chunk surprise.
Uno legal tender.
Uno planters choice.
Uno stereotype.
Ub defiance!
Ub perfection!
Ub my delight!
Ub above all invincible.

《烟草计划——脊骨》，2014

《烟草计划——脊骨》，2011

《木林森》

从题目可以看出，这是一个有关树木生长的项目。

2004 年，一个名为 Rare（稀有）的国际资源保护机构，与美国的两个美术馆合作，策划了一个题为 Human/Nature（人类/自然）的项目。组织方的策划案说：“Human/Nature 派八位注重深思与创新的艺术家，到八个 UNESCO（联合国教科文组织）指定的世界自然文化遗产保护地，以他们在当地所获的经验和知识，获取灵感，创作新作品。其目的在于借助当代艺术的沟通力与感染力，通过发挥艺术家的智慧和参与，试图创造一个新的模式，来倡导全球性资源保护，使生活在自然文化遗产保护区的人们，对环境有更多的认知和重视。我们不要求艺术家完成一件完整的艺术品，而希望艺术家的工作对当地人的思维产生深远

《木林森》标志

影响，并在当地长久发挥作用，为生态环境保护建立一个全球性的支柱。此项目涵盖了多种主题，包括大自然与人类文化、保存生态与文化遗产的关系等，对此类课题做全球性的探察与交流。”

我觉得这个项目很好。首先，它很像过去中国艺术家“深入生活”的方式。同时，它提出的艺术主张（“我们不要求艺术家完成一件完整的艺术品，而希望艺术家的工作对当地人的思维产生深远影响，并在当地长久发挥作用”）符合我对艺术的追求，就参加了。我选择去肯尼亚，因为我以前做过一些与动物有关的作品，在我想象中，肯尼亚有很多野生动物。

我为此项目的第一次肯尼亚之行是2005年，我在当地走访了一些专家，也包括林业研究所、森林保护机构以及动物保护组织等。我发现当地所有的事情，包括这个国家的政治、经济政策、人及野生动物的生存等，都跟树有关。其实在一百多年前，肯尼亚就有一项政策：给农民土地，让他们在那里种树、种地。等树长大后，再给他们新的土地，让他们再种树、种地。但几年前这个政策被肯尼亚环境部副部长万加丽·马阿扎伊尔（Wangari Maathai）给取消了。她认为，这种带有农耕性质的行为恢复的不是真正的原始森林。她特别理想主义，长期和她女儿到偏远地区带领当地人植树，做宣传，要恢复真正的原始森林，为此她获得了2004年的诺贝尔和平奖。当地有人反对这位部长的做法，他们认为她太绝对，树和人可以做到共生，环保最后还是为了人的生存。我觉得，支持万加丽，多少带有西方知识分子的价值趣味。所有的意见和争论，都引发了我对肯尼亚森林的兴趣。

在肯尼亚，还有这样一种现象。由于殖民的历史，肯尼亚和西方之间形成的格局是：原始、野蛮，然后由西方帮助脱离原始野蛮。当然这种关系夹带着怜悯和欣赏，所以捐助基金会在肯尼亚成为一种职业。我接触过一个生长在肯尼亚的英国人，她已经是一个在肯尼亚的家族基金会的第三代了，他们的任务就是以各种项目的名义，不断地从西方找来资金用在肯尼亚。当然，这也成为一种生计。

蘇美語象形文向楔形文的演變：

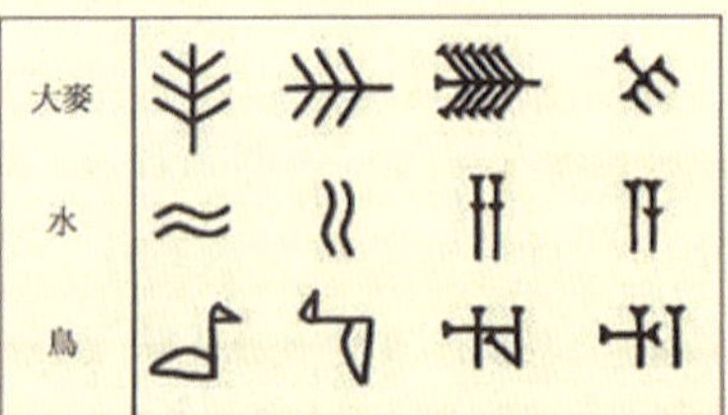

現在只有兩種還活著的象形文字，是中國少數民族地區的東巴文和水書。

中國雲南麗江納西族的東巴文：

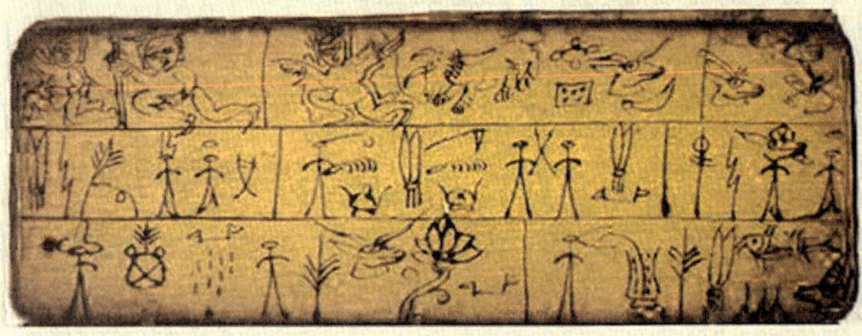

中國贵州省三都水族自治县水族的水書：

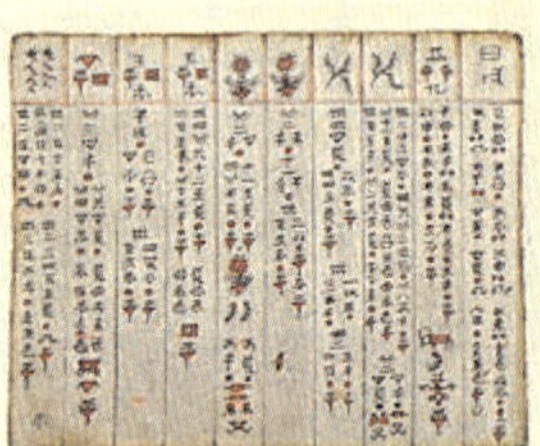

文字經過幾千年的演變，形成了今天不同的體系。各種不同的文字方式，在全球化的今天，顯出溝通的不便，人們越來越多地使用沒有國界的公共標識，這成爲「當代的象形文字」，如下表所示：

4

《木林森》中文版教科书，2008

代表性文字對樹的標記法：

中文	樹	希伯來文	עץ	東巴文	
英語	tree	阿拉伯文	شَجَرَة	中國象形文	
法文	arbre	楔形文		現代標識 1	
西班牙文	arbol	埃及象形文		現代標識 2	

與樹相關的字元標記法：

中文	草	葉	石	土	雲	鳥
英文	grass	leaf	rock	earth	cloud	bird
西班牙文	aierba	loja	roca	tierra--	nube	aves
中國象形文						
埃及象形文						
楔形文						
東巴文						
現代標識						

《木林森》在肯尼亚山，2008

但是这个事业是艰难的，原因是所有资金都是单向的，几年可以，却难于长久，不能循环。我想应该找到一个系统，让它自己“转”起来。

一次，从肯尼亚山下来的途中，我看到我的向导，一路上把山道边的塑料袋等人为废弃物捡起来，带下山，他背着我和助手的所有行李，这让我很感动。这天，在下山的一路上，我已经与助手和向导讨论深化了这个为肯尼亚恢复森林绿带集资的自循环计划。这个计划将部分资金从世界各地不断地流向肯尼亚，为种树之用。那天山上空气异常清新，我们的思维异常活跃。

这个系统模式为：学生（六至十二岁）根据我编写教

《木林森》在肯尼亚山，2008

材中讲述的方法，用人类祖先发明的文字符号，绘制成树的图画。这些画经编号后，通过网上画廊展出（也将在美术馆展出）并被世界各地热爱艺术、关心环保的人们，通过网上购物、拍卖和转账系统购藏。所得善款将自动流到位于肯尼亚山的肯尼亚山基金会（Bill Woodley Mount Kenya Trust）植树。孩子们画在纸上的树，将变为真的树，生长在地球上。

第一次去肯尼亚形成了这些想法之后，由于肯尼亚地区的政治及战争等原因，重返肯尼亚实施这个计划被拖延到 2009 年。在肯尼亚山下，当地的老师将孩子们召集到我们临时设立的课堂。在四天时间里，我给几个班级的孩子们上课，讲解与树和自然有关的各种文字符号，介绍相关艺术作品，之后孩子们在统一规格的纸上自由绘画。

这些大部分从未使用过彩色颜料的肯尼亚孩子们，把每棵树打扮得那么漂亮，画里藏着许多的性格和秘密，树上挂着花朵和果实，由各种字母符号组成，多么奇异的树！有的把树干画成了彩虹颜色，有的树根上也长满文字，写着："树是有心灵的，我们必须保护树。"对此，任何现成理论，都无法解释孩子们奇异的想象力，我已有的视觉知识和经验，显得被动而跟不上他们，他们的画帮助了我的眼睛。这之后，当我再看肯尼亚的山林时，原来！树木本来就是奇异多彩的。这里是他们与生俱来的生活环境，是他们笔下千奇百怪的树的造型来源。通过这个项目，我欣喜地发现了知识接受与心灵启发结合的效果。当文字符号与原生态的因素相掺杂（其实这两者之间有很直接的联系），就变得很有意思。字母的演变，成为了人类文化最基本的概念元素，但在孩子们看来，文字、符号与树叶、枝干、花儿一样——携带着信息，表达着世界。我开始觉得，这个项目对肯尼亚孩子的影响将是深远的，甚至是终生的。

从肯尼亚回来没多久，我就开始临摹这些孩子的画，用他们画的一棵棵树组成大幅的森林风景画。这是计划中的一部分，目的是使孩子们的原作变得更珍贵（具有增值的可能），从而促进收藏和系统循环。在我第一幅完成的画上，有一段题记是这样写的："我像临摹大师的画一样临摹这些孩子的画，我不敢对它们有任何改变，如果改变，就像砍掉了树木的某些枝干。在我看来，它们像生长着的树木，是自然的一部分。”有一段时间，我每临一棵树都做一点笔记，因为在临摹的过程中，总是给我很多想法和启发。

第 9 棵树：我发现，每个孩子都有自己的节奏感，这属于性格和生理的一部分，这也是每个孩子独有的形式感和笔触来源的依据。孩子在面对要画的对象时，是从不知道该怎么画开始的，但下意识要为自己找到一个下笔的依据和理由，一旦找到了，他们就表现出“孩子的固执”。比如说，如果这棵树的树叶是三笔画出，那他们画每一片叶都一定是用三笔画完。即使画面没有空间了，哪怕三笔摞在一起也要画上三笔。为什么要这样？这是孩子对事物理解的线索，这线索的发生过程非常奇异，成为一个完全没有边际限定的、形式美感出现的机制。有意思的是，这与中国传统皴法、点法有相似之处，这又引发我思索中国绘画程序化的来源。

第 10 棵树：孩子们笔触里的“密码”，这和人类最早的记事符号的出现与形成有类似性，他们一出手，就是最原始的概念符号，真像是远古的活化石。

第 11 棵树：我看着他们的画，让我思考绘画的形式感和设计的本源、核心是什么？比如，孩子们笔下

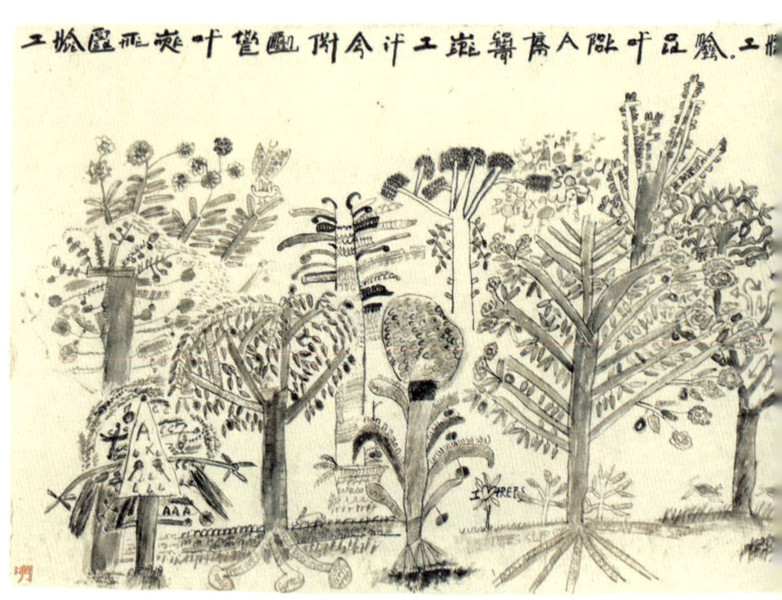

英文方块字题款：我像临摹大师的画一样临摹这些孩子的画，我不敢对它们有任何改变，如果改变，就像砍掉了树木的某些枝干。在我看来，它们像生长着的树木，是自然的一部分。

——徐冰

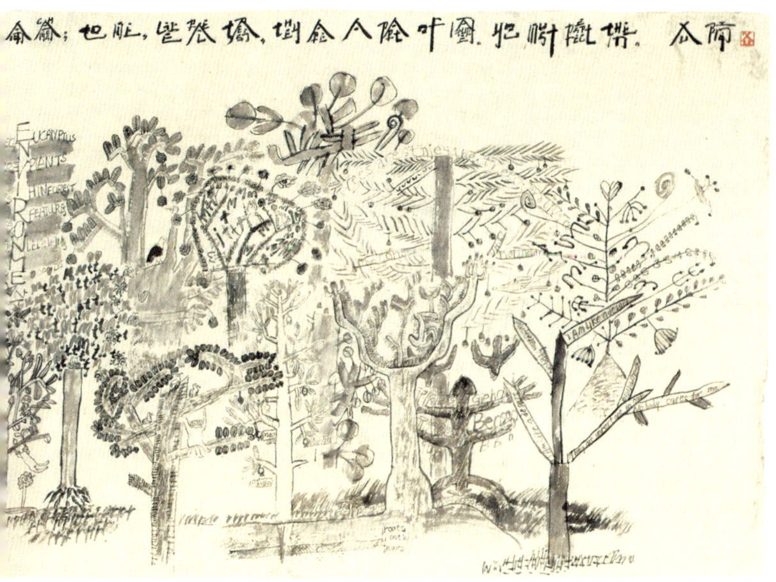

《森林系列》，2008

对树的装饰，这类特别的形式感，是设计师所追求的。但事实上，这些孩子对当代设计全然不知，可是他们却直接穿透到当代设计的核心命题之中。孩子有孩子的一套方法和思路，这正是成人缺失的。

第12棵树：我感到，每个孩子的图像中都藏着许多秘密，他们特别敏感，又易被损害。任何一点信息的给予和引导都会反映在他们的绘画中。他们的思维对世界的试探，像蜗牛伸出的两只触角，鲜活而敏感，但也很容易缩回去。我翻看这些孩子的画，它们对我来说是涉及儿童心理学、艺术教育等多方面的有益材料。

以上只是一些例子，这类启示确实很多。

前面说过，我希望每一个参与此项目的人群都获得利益。我从中收益的，就是从这些孩子的画中学到的。而孩子们的最大收益，不只是学习了艺术，也不只是了解了知识，而是通过纸上的树变为真树的过程，懂得了理想是怎样实现的。这里的意义在于：它通过孩子自己动手，并通过真实的世界经济的运转方式来实现，这个运转机制就是世界的现实，也是孩子未来生活的现实。这使孩子的理想，能够找到具体的着落点和实际的结果。

《木林森》在中国大陆

《木林森》计划在肯尼亚的实施是圆满的，在那里完成了系统的试验，从而可以移植到其他地区。我一直想把这个系统移植到中国来，中国应该有更多的资源：中国人重视孩子，每一个孩子都带着两个成人，中国有更有效的自上而下的系统。2008 年我回国后试着寻找环保基金会或经纪公司，但最终发现，大部分所谓的环保基金会、慈善基金会，本质上是个经济运转机构。在中国市面上大量运转的钱，却很难拿出一点来用于公益项目的启动。结果《木林森》在中国大陆的启动还是在艺术领域，等于是我用美术馆请我做展览的钱，以展览的名义开始的。在中国，我担心的是，中国孩子画树，画不过肯尼亚山里的孩子们，因为我们生活的环境已经没有那么丰富多彩的树了。结果，最大的问题是：我们的孩子一出手就是“奥运福娃”的风格。

《木林森》在台湾地区

2003 年，《木林森》来到台湾原住民所在的三地门乡，原住民的生活理念是与“木林森”理念高度吻合的。比如三地门乡乡长说：“我们跟随自然生活。”这话说得多好，

《木林森——青绿世界》，2014

他们懂得尊重自然，懂得与自然配合。《木林森》在台湾展出时，我体会最深的是，此项目每到一个地方，都会补充当地人对待自然有价值的态度、丰富的地域文化和原始与民间的艺术，种种这些新的元素。从孩子们的画中能够感受到地域文化在他们画中的有趣反映。

另外，《木林森》在台湾发展出孩子们与他们的树互动与观照的系统，基本的想法是：我们与工程师合作，将监控植物的仪器改造成能够将这些树在自然环境中生长的情况，如光合作用、雨水湿度、环境温度等数据合成特殊的声音（如同音乐），随时传送到收养树木的小朋友或家长的手机上，小朋友可以随时听取此时此刻他所收养的这组树为他“创作”的唯一的音乐。

《木林森》的核心理念是自循环，这个系统可以在不同的地区展开，它综合了地域艺术、教育调查、环保、参与的体验，等等。在十年前于肯尼亚开始后，经过了中国中国大陆、香港和台湾地区，以及巴西，下一站将在印

度展开。我希望《木林森》作为一种理念，可以像种子一样在地球上传播。

这个项目的起因，考虑的重点并不是艺术，但结果却涉及艺术的核心课题——艺术怎样往前走和摆脱困境，艺术的形态是什么，以及灵感与创造的来源到底在哪儿。艺术的事情是复杂的，但以公益为目的的创造方向是不会有问题的，且有无限的空间。在这样的动机面前，任何深奥的艺术概念都要让它三分。这也许看起来与艺术是两回事，但只有与艺术体系保持距离的工作，才有可能为艺术系统带来新的血液和动力。

2000 年初稿，2014 年补充材料完稿

《木林森》树木与孩子的互动项目，中国台湾，2013

《背后的故事》

走进展厅，首先进入观众视域的，是一幅典雅的东方山水画。当观众走到画作的背后，看到的却是一堆纸板、树枝等杂物。观众惊讶地发现：原来这幅画是由这些生活中不起眼的材料营造而成。通常，同时展出的还有一幅古代的绘画真品，原来这件“绘画”是作者用特别的方式对一幅古代绘画的临仿。

《背后的故事》系列，是我2004年受柏林美国学院（American Academy in Berlin）邀请，在柏林作为期两个月的在住期间开始的，第一件是在柏林国家东亚艺术博物馆（Berlin National East Asian Art Museum）举办的《徐冰在柏林》回顾展中展出的。

做这样的回顾展，我总是尽可能有一些新作展出。由于在德国，我希望那次展览中的新作品能结合德国“二战”的历史、这座博物馆的历史和展场的特殊条件。我考虑展览，习惯上是先去了解展出场地。这座博物馆是以收藏和研究东亚艺术为主的，展厅里有现成的环绕四周的大玻璃展柜，展柜背后又有一圈走道，我很想利用这个空间的特殊性做新的作品。在柏林期间我更多地了解了德国历史，为了展览又了解了这个博物馆的历史。“二战”期间，这个博物馆丢失了95%的藏品，约5400件，是被苏联红军转移到了苏联，现在还放在圣彼得堡的埃尔米塔日博物馆的地下室，两国之间一直在为此事交涉。这事，俄国人比较情绪化，他们说我们“二战”死了那么多的人，这些画根本换不回那些人的生命。我曾向柏林国家东亚艺术博物馆副馆长威利鲍尔德·法伊特（Willibald Veit）先生询问这段历史，在谈话结束时他说了一句让我印象深刻的话，他说:“当然，我给你讲的只是这些作品在这段时间内的故事，之前它们一定有更长的故事。”

不久我为另一个展览去了西班牙的瓦伦勒，在转机时看到机场办公区，毛玻璃墙背后盆栽植物有趣的效果，真像中国画晕染的感觉。这时我想到了柏林美术馆的大玻璃柜和那些遗失的绘画，并获得了《背后的故事》的创作灵感。我从这些丢失作品的档案中，挑选了三件东方山水画作，用我的特殊方式复制了出来。这件装置我所做的工作，只是把那些透明玻璃改变成毛玻璃，当背

《背后的故事》，大英博物馆，2011

后的杂物直接接触到毛玻璃时，玻璃的另一面就会显示出对象清晰的形象，当对象与毛玻璃相隔一定距离时，正面显示出的形象就变得模糊起来，就像中国水墨画在宣纸上晕染的效果，这个距离的调控，就构成了这种特别绘画的造型手段。

这个系列后来在世界上许多美术馆制作过，基本都是以该美术馆的藏品为原本。2011 年在大英博物馆展出时，策展人司美茵（Jan Stuart）说："我认为这就是一种绘画。"我说："是光的绘画。"我们看到的自然景物，是由物体结构与光的照射共同呈现出来的。传统绘画是将光照反映出的景物，通过画布、宣纸、颜料，运用透视学、光影造型

《背后的故事——江山万里图卷》，温哥华美术馆，2014

学、色彩学的原理转换到二维平面上。看画，看到的是画家把对空间光与物的感觉描绘在一个物质的平面上的“直接绘画”。而《背后的故事》是出现在空气中的一幅光影绘画，所呈现的画面，不是由物质性颜料调配，模仿光感、立体感出现的效果，而是通过对光本身的调控形成的。换一种说法是：在空气中调控散落于空间中的光，再通过一块切断空间的毛玻璃记录了空间中光的状态。这块毛玻璃的作用好比空气中光的切片。

这就有一个问题，人类已有多种绘画方法，为什么还要弄出“光的绘画”？因为，光比任何物质材料的直接描绘，都要丰富、细微，从而出现了一种在黑灰白层次和色彩变化上最丰富的“绘画”。它可以表现其他画种不及的那一部分，这就是这种“光的绘画”存在的理由。

“光绘画”的细腻与粗糙杂物的反差，是这件作品艺术语言生效的原因。在观众短暂的观看经验中，艺术的“美”和与这美最无缘的杂物之间，在一块玻璃的两面发生着转换，这转换被眼睛所证实。这时，“艺术、绘画的美是什么呢？什么是它的依托之所？”的提问就出现了。美国哥伦比亚大学的韩文彬教授对此的评论是到位的：

> 徐冰就像一位魔术师，能够在创造出一种影像之后再告知你影像的秘密是什么。然而即使是揭穿了把戏的核心内容，受众对作品的反响依然在期盼和知识

之间存有灵异的悬念空间。你理解了你所看到的毛玻璃后边的这些东西，这就是我的意图。我们再分析这个“美”的意象的由来：是由这批绘画命运的故事而带出来的，是与它们之前在这个博物馆空间出现的重影，也是与在柏林的观者意念的重影。

我觉得这作品有意思的另外一点是，它探讨了中国绘画与自然的特殊关系。我一直在想：这种方法特别适合复制传统中国画，却不能复制传统油画，虽然传统油画是写实的，原因在哪里呢？这引发我思考更深的问题。国画是注重意象的，却可以用这些实物来“再现”。有些人说：“国画皴法有‘披麻皴’，你却用真的麻来表现了。”东西方的艺术手法与自然到底是一种怎样的关系？东方绘画与西方绘画在与世界的对位和进行艺术转化的方法上，有根本上的不同。也许并不仅是意象与写实的区别，还引申到对事物的“个别”与“普遍”性质认知态度的区别。西方写实绘画中，一般是描绘某某处的一座山或某某处的一棵树，而中国山水画中，一块石可以代表一座山，这山意指所有的山。一个树枝可以代表一棵树，这树意指这一类树。这也是此种手法更适合复制中国画的原因之一。另外一个原因是我今年为《背后的故事——富春山居图》去富春山走访时发现，有时我们看到一幅如同中国山水画般的美景，但拍下来却不是看到的样子。原因是，中国画描绘的是于景象各处随时调节瞳孔的生理之眼看到的，而西方古典绘画描绘的是画家将眼睛锁定在固定光圈的“照相机之眼”看到的效果（虽然那时候还没有照相术）。可以说中国画是一个平版均匀“曝光”的结果，好比《背后的故事》的大玻璃。这部分解答了它为什么更适合模仿中国画的疑问。

这个系列与我的其他几个系列一样，在不断地做并发展着，其实都是在为自己找一个通道，试着去触摸中国文化的核心地带，看看这里还有哪些东西是我们不认识的。实在太多了。

在这里，我就装置材料，谈谈对使用材料的看法。《背后的故事》对观者有效的另一个原因，还来自对身边司空见惯的事物的转换。原因是，这些属于最日常、最身边，也就是最没有问题的事物（文字也属于此类）的触碰，效果有可能是倍增的。它先是把艺术与观者的平常经验拉近，在观者自信、放松、熟悉的范围内，借用观者自带的部分，做颠覆的工作。就像孙悟空钻到牛魔王肚子里再动手一样。我们可以通过此作品产生的过程，对创作灵感来源进行分析。灵感是哪儿来的，为什么有些人有？这几乎是所有人都关心的。

二十世纪八十年代我在美院，为了教书，寻找“创作灵感”是怎么回事，我试着把每次创作想法出现的瞬间、环境、思维活动如实记录下来。我追踪到底是什么原因导致了某个创作想法出现，出现以后的思维又是怎样发展的。比如：偶然看到某事物，有特殊感觉或有了创作念头，在这一瞬间，思维会极其活跃，所有与“这件事物”有关的信号都会汇集过来。所有相关经验：视觉的、文学的、声音的、气味的、质感的，也包括作品的大小、材料、传统一点还是现代一点……的念头都会同时挤进来。就像一盘围棋的快进过程，迅速把每一个点填满。虽然短暂，要是用文字如实地记录下来竟会是好几页纸。而作品的结果，会把你这个人的里里外外记录在案，藏都藏不住。你想通过创作炫耀一点什么，或想掩盖一点什么，哪怕只有一丝的念头都会被作品暴露无遗。艺术是诚实的，这是我们可以信赖艺术的唯一根据。这发生构成的规律是平等和共有的，但思维连接与转换的速度也许会有些区别。这没办法，属于生理的部分，就像有些人跑得快，有些人跑得慢。但在艺术上并不是快就一定好。

灵感产生的过程听起来就这么简单，它的获得经常是偶然的。比如那天在机场，我没有经过这个办公区，即使经过了，毛玻璃后面却没有这盆植物，即使这一切都有，但如果没有美术馆的那些玻璃展柜，也不一定会有反应。即使两者都有，但不了解那段历史或在意识中没有想用这些元素做一件新作品的紧迫感，联想也不会发生。几方因素与思维的触碰，这中间缺了其中任何一个因素，也许都是另一个结果，或者永远没有这件作品出现。而这“万事俱备”又不是决定作品灵感来源最关键的因素。那什么是呢？我的理解是：你这个人长期对藏在“丢画”这件事背后的那类问题的兴趣与关注程度，对你构成了要命的问题时，这些零碎的材料才能成为“万事俱备”。哪怕没有那块机场的毛玻璃，也会有别的什么东西“出场”，也许更适合或不合适，那作品呈现的方式会完全不同，但你的艺术表达的核心部分却一定还是那个“兴趣与关注”的点。

2006 年初稿，2014 年补充材料完稿

《芥子园山水卷》

策展人盛昊与他的同事在波士顿美术馆地下藏画库，为我慢慢打开《五色鹦鹉图》《历代帝王图》……这些我只在美术史教科书上接触过的作品。我弯下腰屏住呼吸一段一段地看着，此刻我比帝王还要奢侈。但最终，我还是选择了《芥子园画传》这件普通的藏品，作为对“与古为徒”展览的响应。（此展的策展思路是邀请艺术家根据波士顿美术馆藏品，创作一件作品与传统经典对话。）

我对印刷、装订、教科书和工具书这类东西有兴趣。《芥子园画传》是清代文人沈心友请画家王概、王蓍、王臬、诸升编绘而成的一本教科书，这本书集中了明清绘画大家的典型画法。明清大家也是继承了先前的绘画经验和方法，所以说这本书为中国绘画的范式作了可量化、可操

作、可临摹并有规可循的浓缩，是对中国绘画艺术、技法整理的一个成果。说它涉及了中国艺术某些实质的部分，是因为它鲜明地拉开了中西方绘画方法在质上的不同。今天的艺术学院都在学西方素描，它是把三维的东西画在平面上，以看起来还是三维的方式呈现，立体感是通过透视法及光影法造成，是依靠在二维平面上型的扩张与收缩的准确性实现的。中国绘画的方法却截然不同，如陈洪绶的《水浒叶子》的画法，是与西法没有任何关系的绘画。从而，中国画传习的方法不同，这集中反映在《芥子园画传》中。这本书可以是一个引子，便于把我脑子里一直想的事情，更多地带出来。

《芥子园山水卷》局部，2010

我认为中国绘画核心特征之一是“符号性”，这与中国文字有直接关系，以至于我们的审美习惯、思维方法、看事情的角度，都与文字的方式——即文化初始及后来的发展趋向有关。中国方式对待事物，其核心总是符号化、整齐化、模板化的，这体现在各个方面——中国的三字经文、五言七律、唱和对仗、诗词用典，包括今天的宣传口号，都与中国方块字的整齐分不开。中国人不喜欢长篇大论，一层层逻辑推理出结果，而是惯于做一个设定，用一个符号化的概念来表示。多复杂的事情都爱归结为“四字成语”，成语一出口，这事就这么定了。至于个案的细处，怎么个“不肖子孙”法，属细枝末节，不重要。时间长了，

成语的来源、本意已经忘了，但一点儿也不耽误使用。被整理归纳后的大千事物，更有文化、有根据，用起来靠谱，就像《芥子园画传》为后人把琐碎万物的画法整理出来，只要这样画就能画到事物的本质处。技法即符号的组织法，创造即是在“规定动作”上的发挥，艺术境界的高低取决于组织符号的能力和艺术家本人的质量。

再说书法和绘画之间的关系，很多人理解的“书画同源”多是指二者在运笔技术和用笔风格上的联系，而我觉得中国“书”与“画”更深刻的联系是符号学意义的。《芥子园画传》是最能说明这种联系的一本书，要我看，这是一本“字典”，汇集了描绘世界万物的符号与“偏旁部首”。比如，竹子和“竹”这个字，两个“个”字就是竹字，也

《芥子园山水卷》局部，2010

就是“竹个点”法，字画一体，是符号。一种皴法就是一片符号的重复。也可以说《芥子园画传》就是符号的图典，汇集了各种各样的典型范式。人群分几式：“独坐看花式”“两人看云式”“三人对立式”“四人坐饮式”，全是“式”——画一个人是什么式，两个人是什么式，小孩问路是什么式。甚至连内容也是规定好的，画“梅兰竹菊”就比画无名花草要高出一筹。艺术家只要像背范文一样抓住其内容，像背字典一样记住“偏旁部首”，再去拼组大千万物就可以，画出来就有“文化”，就“成熟”。所以传统中国画讲“纸抄纸”，不讲写生。这个体系经过千年发展，成熟到了你难以离开半步的程度。从《芥子园画传》到我的《芥子园山水卷》，就像把录像带倒着放一样，清代的沈心

友把名家的典型范式提出来归到书里，我是从书里把这些典型范式又放回到山水画中去，类似数学的倒推法。我的兴趣点是看看“倒推”的结果会怎样，这个实验可帮助我深化对中国艺术程序化特征的理解。

《芥子园山水卷》采用了手卷形式。中国古代看画不是挂起来看的，而是一个卷轴藏在大袖子里，走到哪看到哪，展开一段看一段，像看连环画（也像今人看图的方法：一个手机，滑动看图，走到哪儿看到哪儿）。《芥子园山水卷》的布局用了从荒野到山村、从远郊到近郊，出现亭台楼阁后，再回到山林郊野这样的布局，其间藏着许多精心安排的小人儿。

这个创作我有意遵照一个限定：拼贴时，从《芥子园画传》摘出来的图像都保持原书上的尺寸，这样做更能突

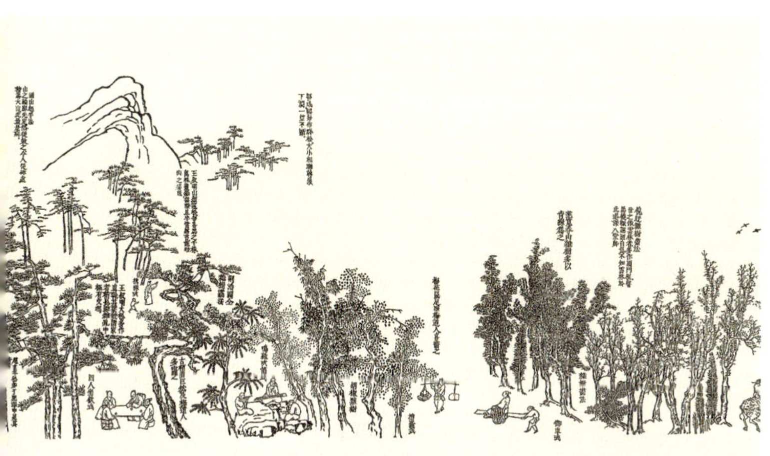

《芥子园山水卷》局部，2010

显《芥子园画传》作为字典和工具书的意义，同时远离了西法影响下的自由表现的形式。

另外值得一提的是，我拼接好画面后，是请专业刻工用传统把刀，按复制雕版方法刻制的，而不是自己刻的，与新兴创作版画的概念不同，这是有意为之的。在中国古代，画家画好图，之后交由刻工刻制。刻工对样稿是没有情感因素和发挥余地的，忠实地把形象复制出来，这使得作品的组成元素更符合传统文化中的模板拷贝概念。

一二百年以来，西方文明对世界文化进展所起的作用，使中国人以及西方中心之外的人对西方的关注、学习成为很自然的事。我们今天的生活和喜好受西方的影响大到我们自己意识不到的程度。但从思维方式的原点上来看，

《芥子园山水卷》，英国牛津阿什莫林博物馆，2013

每个民族文化的核心部分与其人种、习性、血液等原带成分密不可分，这部分又是很难改变的，这部分的改变近于生物进化的过程，基因的密码深藏体内，且具有顽强的记忆与修复力。有一本美国传教士阿瑟·史密斯写的书，叫《中国人的性格》，是百年前的著作，所描写的中国人习性，现在来看，本质的部分并没有改变。事实上这部分也不需要改变。任何种群都有其优质与劣质的部分，从而才构成了文化物种的多样性。

但我们必须懂得，任何传统不被激活其实是无效的。我的工作就是试图做这个“激活”的工作。如何面对传统，对任何文化而言都是一个永远的课题。我们今天的生活、

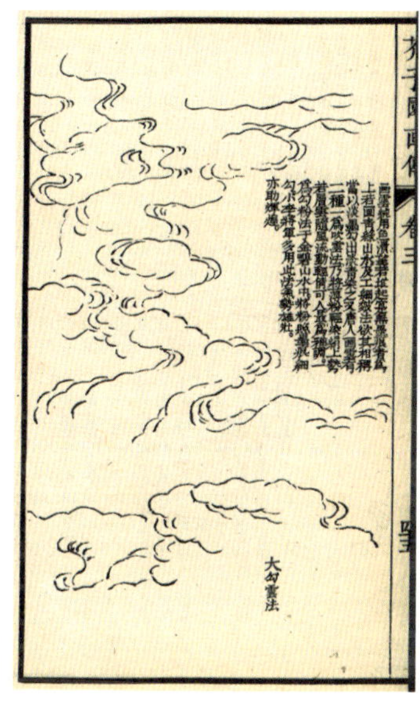

《芥子园画传》之页

《芥子园山水卷》制作中，2010

创造，就是未来的传统，未来人怎么对待或吸取我们留下的东西，就像我们今天面对的问题一样。中国的思想方法、文化态度、世界观之精华，与任何其他优秀文化一样，在我们寻找更优秀的文明方式的途中，都可以成为我们思维进展的养料和参照。

2010 年 12 月初

《芥子园山水卷》局部，2010

《地书》

《地书》是一本用各类标识写成的书。经过七年的材料收集、概念推敲、实验、改写、调整、推翻、重来，现在终于作为一本有国际书号的书正式出版了。这是一本连版权页都没有使用一个传统文字的读物，也是一本在任何地方出版都不用翻译的书。《地书》这套标识文字系统，从某种意义上讲是超越现有知识分类和地域文化的。它不对位于任何已有的文本知识，而直接对位于真实的生活逻辑和事物本身。对它的识读能力不在于读者的教育程度和书本知识的多少，也不必通过传统的教育渠道获得，而是取决于读者介入当代生活的程度。不管是什么文化背景，讲何种语言，只要有当代生活的经验，就可以读懂这本书。文盲可以和知识人一样，享受阅读的快感。

我对标识传达功能的兴趣，最早是受到机场的指示系统和机上安全说明书的启示。在过去的二十多年里，我有很多时间在机场和班机上度过，机场的指示和机上的安全说明系统都是以“识图”为主，力求用最低限的文字说清楚一件比较复杂的事情。这些指示系统或说明书，可以说是人类最早的“共识”读本，这点特别吸引我。2003 年的一天，当我看到口香糖包装纸上的几个小图（请将用过的胶状物扔在垃圾桶中）时，我想：既然只用这几个标识就可以说一个简单的事情，那么用众多标识一定可以讲一个长篇的故事出来。从那时起，我开始通过各种渠道收集、整理世界各地的标识，也开始研究各专门领域的符号。当今，数字网络技术迅速扩展，各类数字产品中标识大量出现，使收集整理成了一项无止境的工作。但越是这样我越能感到这项工作的意义所在，与此有关的思维越发活跃起来。

早在 1627 年，法国人琼 · 道特（Jean Douet）在《致国王：为地球上所有人的全球文字建议》中就提出：“中文有可能成为国际语言的模式。”在这里，“模式”二字很重要，他强调有可能成为国际语言的并非中文本身，而是这种以象形为识别根据的模式。四百年后的今天，人类的传达方式正在向这位哲人所预示的方向演变。人们越来越感到：传统文字已不再是最能适应这个时代的传达方式，很多能量和智慧开始集中在试图用图片和标识代替传统文字阅读的方式上，即是人们常说的：人类进入了“读图时代”。

绝大多数语言文字的雏形，都始于同语音生活的小范围人群——一个部落或一个村庄。随着人们活动范围的扩大，发展成为一个地区使用一种语言，再扩大到几个地区，以至一个国家或几个国家使用一种语言，这是几千年来语言文字生长的过程。当今国际化的趋势让世界迅速在缩小，形成“地球村”的概念。但这个“大村子”与文字初始期的村庄不同的是：“村民”们操着千百种不同的语音，写着互不相通的怪异符号，却生活、工作在一起。我们今天的生活和几千年以前截然不同，但是我们所使用的语言、文字却和几千年以前是一样的。显然，现有语言、文字的不便，成了人类的大麻烦。以种族为基本单位的现存语言，也包括最强势的英语，都显出滞后和不胜任的局限。现有文字面临着过去任何时代都未曾有过的挑战。人类多少年来“普天同文”的愿望，在今天成为切实的需要。这种局势期待一种能够适应全球化的、超越地域文化的、便捷的传达方式的出现。那个巴别塔的指涉才开始真正被激活。

今天的人类社会在某些层面上，其实带有原始时代的特征。人类整体的生活方式都在重组，每天都有新技术与新工具发明出来，这些新东西具有突变性，是突如其来的，世界开始变得陌生如初始，挑战着每一个人对新的、不熟悉的生活环境的适应度。需要学习的内容大量出现，必须要让这些专门领域的知识普及化和图解化。新科技使人类生活速度在快速提升，信息爆炸催着人们快速地处理信息，每一个个体都在忙于应对，而变得没有时间和耐心去一点点阅读，更接受一目了然的信息获取方式。传统学习方式越来越多地被图解所取代。人类似乎正在重复文字形成之初的历史，以象形的模式又一次开始。可以说，今天是新一轮的象形文字的时期。

让我们分析一下已有的现象：

全球化使跨国产品和消费生活日趋标准化，生活模式日渐相似，“复数性环境”和Copy（复制）文化，使物的可辨认性大大提高。与此同时，传媒的发达又传播着事物的标准化特征，实际上是每时每刻都在起着向全球进行“识图扫盲”的作用。比如北京奥运会的标志，全世界的人可以在一夜之间，认识这个“图”或者说这个“字”，这在过去是不可能的。因此在当代及未来的生活中，以“形象”为识别依据的沟通就更容易被认同。

可以肯定地说：在今天，任何想要推向世界的东西，都必须找到一种快捷有效的传播方式来实现。经济全球化对商业意图传达（产品认知）直接化的要求，必然是趋向使用超越地区的阅读语言，具有认知鲜明性的“去文字”的识图方式。如今，这类商业标识（logo）无处不在。过去“Coca-Cola”品牌在各地都有地方文字的译法，如在中国的“可口可乐”。但几年前公司决定：今后尽可能用Coca-Cola字样的图形向世界推广。从此Coca-Cola成为不用阅读和

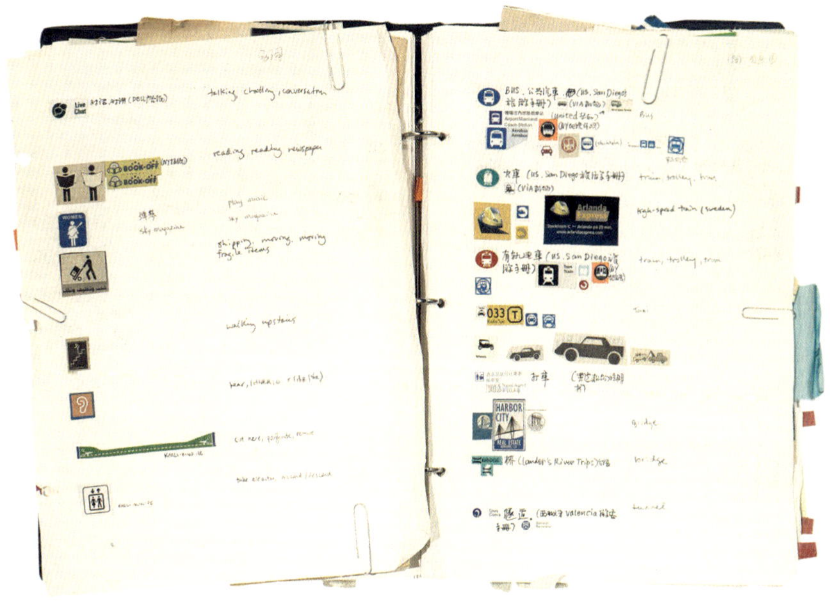

《地书》标识收集册，2006—2014

翻译的标志。此时，字母拼写的作用已降至最低。

再举一个例子：个人计算机理念的实现，其实最重要的一步，是将抽象的计算机数字指令，转换为可视的 Icon（图示）指令，把专业语汇变为直观的符号语汇，把“需要学习才能掌握”的要求降到最低点，从而使所有人都能识别和操作。如今，每一个人打开手机都可熟练地阅读 Icon。人类认知方式的符号化与工作方式的“触屏化”，一方面促使生理大脑变得懒惰与“低智化”，同时又为图文时代制造

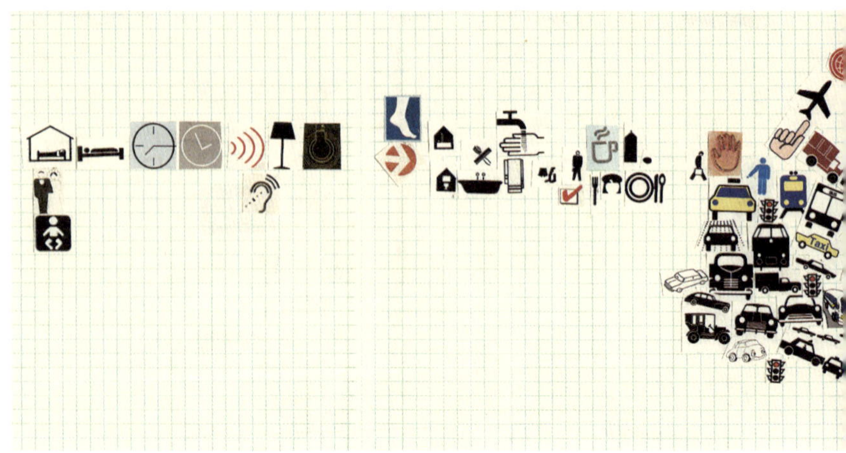

了“易适应的”人群，并提供了生理和技术环境。

这种倾向特别反映在代表未来的新生代人群中。这代人对传统阅读抵触，对直观图形着迷。比如，台湾地区“火星文”的现象，是年轻的网络族们用大陆的拼音、台湾的四角号码、标点符号、英文、日文、网络表情符以及各种可能的符号创造的一种沟通方式，在网络族群内使用。对此现象也有很多讨论，有人认为这破坏了规范语言的严肃性，而我以为，语言、文字发展和演变的唯一理由就是便捷、有效和易掌握。要我说，这现象表示了新生代对传统语言滞后的抵抗。另外，手机短信、网聊、微信等新方式的日常化，使精美化的现代语言向“元语言”的方向回

《地书》早期试验，2006

归：汉语开始出现“返祖”文言文甚至象形文的性质，英语中大量出现 Text talk（短信语言）和 Ebonics（黑人俚语）等书写形式。语言文字的方式向适应新工具的方向繁殖起来。文字从初级到高级的发展过程中，大部分都会消亡，少部分变异发展成今天的文字，但今天的文字一定不是最终的结果，它们总是随时代的要求，不断地进行着自我调节与进化演变。

其实，人类在每一个专门领域里，一直在使用领域内的“国际符号”做着沟通，如化学、数学符号，校对、制图的标记法，乐谱、舞谱的记录法等。但“日常生活”领域的国际通用符号的整理却晚了许多。1990 年国际标准化组织（International Organization for Standardization）才公布了被确定的第一批（55 个）“国际通用标志”。2001 至 2005 年又分别公布了设计标识的规定，如：一个明确的标识应具备哪些图形因素，怎样使用标识（具体到箭头的使用）等，这可以被看作是人类“官方”对生活领域的国际通用“文字”需求意识的雏形。

在全球一体化的需求下，图形文字系统与其他文字系统比较，显示出优势。其实，很多学者和科学家早就意识到这一点。这里有一个有意思的例子：美国在做核试验废料处理时，曾在内华达州的沙漠里埋下大量核废料，这些核废料在一万年以后才能被解除警报。这个信息怎样告诉一万年以后的人类？起初科学家用英文做了说明系统。后来有人提出：一万年以后英文不一定还存在着。最后，科学家们还是采用了符号化的图形语言制作了说明系统。

人类超越文字障碍的理想和努力从来没有停止过，但只有在“地球村”形成的条件下，才出现了真正的大调整的契机。上述诸多现象表明：一种以图形为基本依据，超越现有文字的新的表述倾向，在这种共同需求的驱动下，日渐明显。我意识到这种倾向与它在未来的可能。

我视《地书》这套符号系统为一种“文字”系统，是因为，它们不是被某个人编造或规定出来的。我们整理《地书》标识有一个原则：不做主观的发明和编造，只做收集、整理和格式化的工作。因为这些正在被使用的标识本身，已具备了共识基础和文字性质。有生长力的文字系统大多是约定俗成，再经过人为整理形成的。一般来说，由人为设计的符号系统是主观的结果，它缺少自然形成的逻辑和被普遍认可的基础，不支持作为一种书写系统所必备的易掌握、具共性和可复制使用的性质（这也是卡通表述不能被视为文字表述的原因）。在《地书》这套表述系统中，所有的“字”都有其来源和出处。“语法”部分，包括回忆、想象、梦境、人称表示、情感表示，也包括形容词、语气词、介词、标点符号等，同样是来自那些普遍使用过的“标记法”。人类最可信赖的沟通方式是视觉的，视觉有一种超文化的能力，因为是事实的直接呈现，其信息不像其他各类沟通体系那么容易打折扣和变形。人类生理经验的共性，使基于事实经验而被抽象出来的图形具有共识依据。比如说，电话听筒前加上表示发声的图形，能表达不同倾向的声音——几个从小到大的同心弧线，表示正常的发音；波纹线表示舒缓的；折线表示刺耳的。这些都是视觉图形，却能有效指代某类声音。波纹线的舒缓，是因为它与烟雾或水波的移动有关；折线与电闪雷鸣的经验有关，所以是激烈的。人类的这些共同经验是超文化、超地域、超语言的。咖啡馆的标志，可以有上百种，我的工作是把这些材料排列起来，对它们做心理和视觉习惯上的分析和比较，比较出哪些特征是共同的、一看即明的，再将这部分提取出来，最终要找到的是共识性的部分。这是

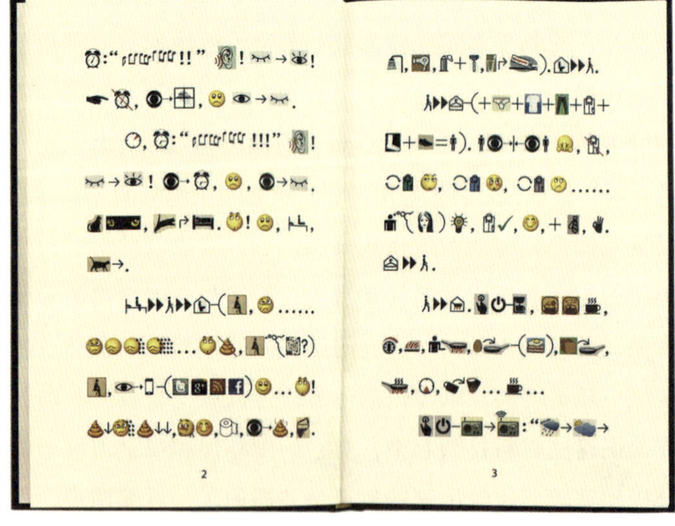

《地书》中国台湾诚品社版，2012

对视觉特征分寸感把握的工作，核心是视觉传达的研究。

我对《地书》的兴趣在于：图形符号作为文字到底能表达到什么程度？我不希望它已经具备的能力，没有被我找到而被浪费了。当然我也清楚，比起成熟文字，它的表达能力是有限的，有些适合它表达，有些还不适合。但是我越来越相信，它已经能表述的程度是我们的认识所不及的。这一版《·→🚹→·》(地书：从点到点)的故事，被译成中文竟有14 000多字，这在没有去尝试之前是不可想象的。我们知道，甲骨文被文字学者认定为是一种文字时，才有260个字符，而今天正在被使用的象形符号多得无法统计，并且每时每刻还在不断地产生。可以说，这些图形符号，已经具备了非常强的文字的性质。

你可能会说，既然我在介绍这套“新的象形文字”，此书就应该用这种文字来书写。但我做不到，这是我的尴尬之处。不过，所有的文字都要经过从初级到高级的发展过程。在这个过程中，其中大部分消亡了，只有少部分变异、发展成为今天的文字。无疑，《地书》文字还在初级的象形阶段。其实任何文字都为使用者预留了补充意义的“空间”。我们感叹中文或英文表达上的细腻，这“细腻”其实是经过长期使用，由使用者在有限的符号与符号间发展起来的。我们看着聋哑人在公交车上兴高采烈地交谈着，却很难想象哑语是如何达到与常人语言同样细腻的交流的，其实它与任何语言文字一样，都是要靠使用者补充才生效

《地书》装置，美国马萨诸塞州当代艺术博物馆，2013

的，标识语言也如此。考察一种文字的潜力，不仅是看它目前所能表达的程度，而应该注意到它的未来生长空间和它自身携带的文字基因的质量与繁殖的能力。

上面谈的都是文字与符号学的事情，《地书》以一件艺术品的类别出现，我们应该谈一些艺术的事情。

《地书》作为一个艺术项目，由于它的“在时性”，它将会是一个没完没了的项目。作品的形态在“艺术”与美术馆之外自然繁衍，它有条件成为一个人们可以自由参与的、公开的平台。这样，《地书》作为艺术作品的形态，就与此文分析的当代特征发生更有机的关系。《地书》的概念本来就来自当代传播环境，更适于回馈这种环境。

《地书》与《天书》比较起来，它应该像弥散开的元素那样没有边界。《天书》更像一件完整的艺术品，从里到外都是用传统的手段制作的。它所引发的讨论无论怎样展开，物化的作品就在那里，其作用方式是传统的和当代装置艺术的传统：人们到一个专门的空间去感受它。而《地书》的真实形式，是当下这个信息时代本身，是“发散状”的，不固定、无形态、不像艺术，是它最好的呈现方式。为此，我们制作了“地书字库”软件。使用者将中文敲入键盘，计算机即自动转译成标识文字出现在屏幕上，如果敲入英文也会如此。这时即出现了一个不同语言之间的“中间站”，不同语言的使用者可以此进行简单的沟通与交流。这有一定的实用价值。

在我看来，艺术重要的不是它像不像艺术，而是看它能否给人们提示一种新的看事情的角度。《地书》放在美术馆就可以称之为艺术，如果在符号学、视觉传达、字体设计等领域来介绍，就是别的领域的事情。其实“不纯粹”才是艺术进展的真正元素，才碰到艺术创造本质的东西。

最后我还想谈一点《地书》灵感的真正来源。这件作品的“地书字库”软件部分，最早是2007年在纽约MoMA“自动更新”展上展出的。这个展览讨论的是“.com”大爆炸后的艺术现象：艺术家在“后Video艺术”时代，如何对高科技材料做出反应、调整和使用。作品参与的讨论和展览，在当时是属于西方最具试验性的艺术领域。《地书》的各国版本出现后，受到世界各地儿童和时尚青少年的喜爱，他们将是代表未来的。但我知道这件作品灵感的核心来源，却是源自我们古老的文化传统，远古先人的智慧。我对图形符号的敏感，是由于我有象形文字的传统和读图的文化基因。

二十多年前我做了一本包括我自己在内没人能读懂的《天书》，现在又做了这本说什么语言的人都能读懂的《地书》。事实上，这两本书截然不同，却又有共同之处：不管你讲什么语言，也不管你是否受过教育，它们平等地对待世上的每一个人。《天书》表达了对现存文字的遗憾与警觉，《地书》则表达了对当今文字趋向的看法和普天同文的理想。我知道这个理想有点太大了，但意义在于试着去做。

2006 年，于纽约

补记：这篇写于十六年前的文稿，现在重读，感觉当时的分析与后来由读图取代文字的趋向相吻合。最能说明问题的是图形标识在公共场所、手机屏幕上更多地使用，特别是这些年“表情包”表述功能生长之快。这些符号文字补充着传统文字不便表述的部分。比如两人在微信上，来来回回聊到很晚，但用传统文字谁都不好意思先写出来：“我该休息了，不聊了。”但一方发一个月亮的符号，对方就明白：差不多了，该停了。这就是符号文字的另类功能，是成熟的传统文字没有的。我相信符号文字未来的生长空间远未终止。

2022 年 9 月，于北京

2010 年徐冰在凤凰工地现场